유머가 있으면 이기는 인생이다

유머가 있으면 이기는 인생이다

초판 1쇄 발행 | 2024년 5월 31일

지은이 | 홍반장
펴낸이 | 김지연
펴낸곳 | 마음세상

주소 | 경기도 파주시 한빛로 70 515-501

출판등록 | 제406-2011-000024호 (2011년 3월 7일)

ISBN | 979-11-5636-546-4 (03810)

원고 투고 | maumsesang2@nate.com

* 값 16,500원

감사와 긍정이 이루어 낸 기적의 유머

유머가 있으면
이기는 인생이다

홍반장

이왕이면 좋은 말, 따뜻한 말, 위로의 말, 용기를 주는 말을 하면 좋지 아니한가.
뿌린 대로 거두는 씨앗은 곧 열매가 된다.
언젠가는 자루가 찢어지도록 수확하게 될 말의 열매.
풍성한 수확의 기쁨은 긍정의 한 마디로부터 온다.

마음세상

프롤로그

내 삶에 치열하지 않은 날은 하루도 없었다

제 엄마의 전혀 과학적이지 않은 근거를 바탕으로 한 자부심 중
하나가 팔공산 위로 뜨고 지는 해가 대한민국에서 가장 아름답다
는 것이었습니다. 저는 그 팔공산의 대구에서 딸만 셋인 집에 둘째
로 태어났습니다. 가난이라는 말은 자존심 때문에 입 밖으로 꺼내
지 않고 살았지만 저는 분명 가난한 집 둘째 딸이 틀림없습니다. 필
요에 따라 을을 자처하며 집주인의 사소한 비위까지 맞춰야 하는
설움의 서민 역사를 써 온 부모님 밑에서 자랐습니다.

하지만 저는 언제나 주인공처럼 절대로 기죽지 않는, 대한민국
세입자의 딸이라고 하기엔 매우 당당한 타이틀을 가지고 살아왔습

니다. 그렇다고 제 자존감을 높여주기 위한 부모님의 대단한 교육열이나 놀라운 프로젝트가 있었던 것은 아니었습니다. 게다가 성별이 같은 딸만 셋이라니요. 위나 아래로 오빠나 남동생이 하나쯤은 있어야 주목받지 못할 제 삶을 스스로 위로라도 할 텐데 얄궂은 운명은 저를 고만고만한 두 살 터울의 자매들 사이에 딱 끼어 태어나게 해 버렸습니다. 언니는 아들이라고 속일 수도 없게 여리여리한 것이 누가 봐도 공주처럼 생긴 외모에 작은 키의 여자아이였습니다. 그에 반해 저는 이리 보고 저리 보아도 사내아이가 틀림없다싶게 온 국민의 전형적인 아들 상을 하고 태어나는 바람에 부모님은 누구를 만나든, 어디를 가든 저를 아들로 속여 가며 키우셨습니다. 심지어 엄마는 아버지의 손을 잡고 외출하는 제 옆구리에 장난감 권총을 채우시며 혹시라도 사람들이 보는 데서는 절대 소변을 보지 말라는 주의까지 주셨습니다.

그런 말 못 할 사정으로 어려서부터 화장실엔 늘 혼자 가야 했습니다. 아버지가 남자 화장실에 저를 데리고 들어가실 수도 없고, 그렇다고 저 때문에 여자 화장실로 들어가셨다가는 특종 기사로 길거리에 나부꼈을 일이었으니까요.

그때부터 누군가의 도움 없이 혼자서 잘 살기 위한 씩씩하고 용감한 삶이 시작된 건지도 모르겠습니다. 저는 제가 정말 아들인 줄 알았습니다. 힘들고 위험한 일은 전부 제가 감당해야 한다고 생각했고, 부모님이 저에게 대단한 기대를 하신 것도 아닌데 무엇이든 잘 해내고 싶었습니다. 그런데 참 신기한 것은 그리고 싶어서 또 열심히 하면 적당한 수준 이상으로 뭐든지 잘하기 시작했습니다. 사람들이 못하는 게 뭐냐고 물어보기 시작했고 인정받고 주목받게 되니 제가 점점 마음에 들었습니다. 언니가 예뻐서 사랑받는 것도 부럽지 않았고, 막내여서 귀여움을 독차지하던 동생도 부럽지 않았습니다. 사람들이 저를 필요로 하는 걸 알게 되었기 때문입니다. 저는 사람들의 필요를 채워주는 능력자가 되고 싶었습니다. 어쩌면 제가 즐거운 것보다 사람들이 만족하는 모습에 집착했던 것 같은데 그렇다고 해서 다른 사람들의 필요를 채워주기 위해 치열하게 사는 제 모습이 그다지 허무하거나 슬프지 않았습니다. 적당히 기쁘고 이따금 성취감도 생겼습니다. 학창 시절 동안 매년 같은 이름의 친구가 우리 반에 적을 땐 세 명, 많게는 여섯 명인 적이 있었는데 같은 이름의, 성씨만 다른 아이들 사이에서 노력하지 않아도 독보적인 그 이름의 주인공으로 살았다고 자신했습니다. 그런데 친구들 눈에 비친 제 모습은 독보적인 사람이 되고 싶어서 그야말로 안달이 난 것처럼 보였다고 했습니다. 엄청난 착각 속에 살아왔음을 알았습니다. 착각인 걸 알게 되자 아프고 외로웠습니다.

삶의 대부분은 주변 사람들의 필요를 충족 시켜주는 사람이 되려고 애쓰며 살았고, 그러다 보니 정작 제 마음의 신음은 듣지 못했습니다. 과한 치열함에 세뇌되어 살고 있는 제가 진짜 저라는 생각으로 계속 살아온 것입니다. 세월이 지난 어느 날 비에 젖어 웅크리고 앉아 있는 저를 발견했습니다. 너무나 가여운 순간이었습니다. 그러나 따뜻하게 보살펴 주는 방법을 알지 못했습니다. 배운 적이 없었기 때문이지요. 언제나 씩씩하게 모든 걸 혼자 감당해야 했던 저는 비로소 흐느끼며 울었습니다.

그렇습니다. 저는 늘 치열했습니다. 그 치열함을 느꼈든 느끼지 못했든 결론은 치열한 삶이었습니다. 가난한 제 부모님께 가난한 날에 대한 책임을 묻지 않았고 적극적으로 지원해 주지 않았던 교육의 기회에도 원망하지 않았습니다. 그렇게 인생의 신세타령이나 하고 있을 만큼 한가하지 않았습니다. 하고 싶은 것도 많았고 잘하는 것도 점점 많아졌기 때문에 바빠지기 시작했습니다. 그렇게 바쁘고 치열하게 사는 것이 정답인 줄 알았고, 어쩌다 게으름과 마주할 때면 과하다 싶게 질책하며 제 인생을 향해 모진 회초리를 들었습니다. 그러면서도 저를 필요로 하는 사람이 있다는 것이 용기가 되고 자신감이 된 세월이기도 했으니 이 얼마나 아이러니한 이중적 삶이었나 말입니다. 그런 아이러니 속에서 언제나 과하다 싶은 씩씩함을 선택했는데 가난해도 씩씩할 수 있고 내세울 것이 없어도 주인공이 될 수 있음을 보여 주고 싶었습니다.

세상이라는 바다 위에서 더러는 노를 젓지 않고도 자유롭게 항해하는 배를 가진 자들을 만났고 가끔은 감히 넘볼 수 없는 호화 크루즈에서 웃고 즐기는 자들도 보았습니다. 그들 사이를 저는 한순간도 쉬지 않고 노를 저어야만 표류하지 않을 배 위에서 좌초되지 않기 위해 치열했습니다. 세상과 상황을 탓하느라, 부모와 환경을 원망하느라 인생을 낭비하며 살지 않았습니다.

그랬기에 저는 그들보다 뒤처지지 않았고, 더 멋지게는 아닐지라도 그들과 비슷하게 목적지에 도착할 것입니다.

많은 것이 불리했던 지난날의 이야기에 귀 기울이며 비로소 울 수 있는 용기가 생겼고, 치열한 순간에도 기쁘게 사는 비결을 알았습니다.

그런 저의 이야기가 독자들에게 위로가 되고 용기가 되기를 기도하는 마음으로 이 글을 씁니다. 가을이 이만큼 달려오고 있습니다. 추운 겨울이 지나고 나면 용광로 같았던 제 치열함이 봄꽃처럼 온 누리에 퍼지기를 소원하면서 열심히 노를 젓고 있는 분들을 위해 기도합니다. 멋지게 치열한 우리의 삶을 위하여.

유머가 있으면 이기는 인생이다 목차

제1장
좋은 어른이 될 결심

기억을 저장합니다

아주 오래된 기억이어서 이것이 진짜 기억인지 아니면 자라는 동안 누군가에게 들은 이야기가 자연스럽게 저장되어 내 기억이라고 믿는 것인지 알 수 없지만 기억의 시작점은 분명하다. 세 살이 되던 해 어느 날 허리춤에 장난감 권총을 차고 아버지를 따라 집을 나섰다. 유명한 목장에서 결투가 있었던 것도 아닌데 나에게 굳이 권총까지 채워서 집을 나온 아버지가 내 손을 잡고 향하신 곳은 극장이었다. 어떤 영화인지 기억날 리 없고 아버지를 따라 들어가서 볼 수 있는 영화였는지 아닌지도 기억나지 않는다. 어두컴컴한 극장에 들어가 아버지의 옆자리에서 계속 잠을 자다가 화장실에 가고 싶어 눈을 떴다. 아버지는 나에게 계단을 따라 조용히 올라가서 화장실에 다녀오라고 하셨다. 어린아이 걸음으로 한걸음에 한 계단씩 올라갈 수 없는 넓은 계단을 종종거리며 올라가 화장실에서 볼일은 마친 후 극장 안으로 다시 들어왔다. 세 살짜리의 보폭으로 계단이 매우 넓었다는 생각 때문에 한참을 다시 내려가 내가 생각한 위치에서 의자에 앉아 있는 아버지를 찾았다. 어둠 속이지만 희미하게나마 아버지의 실루엣을 알아볼 수 있으리라 생각했는데 서너 군데를 왔다 갔다 해도 의자에 앉은 사람 모두 내 아버지가 아니었다. '아빠는 어디로 가셨을까?' 하는 두려운 마음과 자리를 찾지 못해서 답답했던 기억이 지금도 선명하다. 그렇게 몇 번을 왔다 갔다 하다가 급기야 무서워지기 시작했을 때 가장 중앙이라고 생각되는 계단에 서서 큰 소리로 울음을 터트렸다. 내 울음소리가 극장 안에 울려 퍼지면 아버지가 나를 찾을 거라는 믿음이었으리라. 게다가 그 방법이 아니고는 아버지를 찾을 수 없을 거란 걱정에 심장이 쿵쾅거렸다. 역시 생각대로 울음을 터트리자마자 어디선가 나타난 아버지가 나를 번쩍 안아 다시 자리로 돌아와 앉히셨다. 아버지 옆으로 돌아와서도 한참 동안 눈물이 그치지 않아 몸을 부르르 떨며 흐느끼다 잠이 들었다. 영화가 끝나고 나오자, 아버지가 어떻게 극장계단 중간에 딱 서서 울어버릴 생각을 했냐고 물어보시길래 나는 아버지를 못 찾아도 아버지는 나를 반드시 찾을 수 있을

좋은 어른이 될 결심

거로 생각했다고 대답했다. 그랬더니 아버지가 내 머리를 쓸어 주셨다.

그날은 동생이 태어난 날이었다. 집으로 돌아와 보니 강보에 싸인 작은 아기가 엄마 옆에 누워 있었다. 어떻게 세 살 때 기억이 있을까? 사람들이 믿을 수 없다고 말하는데 사실은 나도 믿을 수가 없었다. 하지만 세월이 흐른 후 어느 날, 문득 어린 날의 이 기억이 떠올라 엄마한테 이야기한 적이 있었는데 엄마의 기억이 내 기억과 일치했다. 그날은 산파가 와서 동생을 낳느라 엄마는 아버지께 나를 데리고 외출했다 오시기를 부탁했다고 하셨다. 집으로 돌아오신 아버지가 극장에서 있었던 그 일을 얘기하시면서 우리 홍반장이 제법 똘똘하다고 하신 말씀을 전해 주시던 엄마 역시 혹시 우리 둘째가 어쩌면 천재 아닐까라고 말씀하셨는데 그날따라 엄마가 무척 신나 보였었다. 나는 세 살 때 일을 정확하게 기억해서 천재처럼 보일 수 있는 비결을 알게 되었다. 그것이 바로 기록이다.

어려서부터 내가 기억하고 싶은 건 어디에든 적었다. 예쁘고 좋은 다이어리나 수첩 같은 것은 없었지만 공책의 뒷면이나 지금의 알림장과 같은 기능의 가정 연락부에다 뭐든지 기록하기 시작했다.

초등학교 때부터 쓰기 시작한 일기를 지금까지 쓰고 있는 것도 그렇고, 핸드백 속에 화장품은 없어도 수첩과 볼펜이 항상 들어 있는 것만 봐도 내 오랜 습관을 알 수 있다.

예전에 어떤 친구가

"너는 뭔가를 기록하기 위해 태어난 사람 같아." 라고 말해서

"그러게. 조선시대에 태어났으면 주서로 발탁되어 궁궐에 들어갔을 것 같지 않냐?" 라며 농담을 주고받았다.

나의 기록은 어린 날을 추억하고 삶을 성찰하기에 나쁘지 않았다. 끈끈한 내 자매들이야 말할 것도 없고 지금은 멀리 떨어져 자주 만날 수 없지만, 유년의 동무였던 사촌들과의 기억까지 일기 속에선 여전히 그날에 머물러 있다. 또한 매일 우정을 나누던 학창 시절 친구들 역시 그때 그 모습의 소녀로 존재하는 나의 일기장 속에서 우리는 가끔 해후(邂逅)한다.

추억이 모두 아름다운 것은 아닐진대 신기하게도 슬프고 서러웠던 기록까지 모두 아련하고 좋기만 해서 어쩌다 한 번씩 일기장을 꺼내 추억열차에 몸을 싣고, 마음을 실어 그때 그 역에 다녀오면 뭔가 치유가 되는 느낌이다. 일기뿐만이 아니다. 학창 시절 수업 시간에 친구들과 주고받은 쪽지까지 버리지 못하고 전부 보관 중이어서 우리 집 베란다 한 칸은 오직 내 추억을 시전하는 공간이 되고 말았다.

그런데 얼마 전 모든 기록을 거의 다 정리했다.

오스카상에 빛나는 윤여정 배우의 〈죽여주는 여자〉라는 2013년

　　　　　　　　좋은 어른이 될 결심

영화를 보게 되었다. 처음 영화를 봤을 땐 그다지 슬프지 않았는데 며칠이 지나면서부터 자꾸만 영화의 잔상들이 나를 울컥하게 했다. 인생의 마지막에 가까워진 노인들이 자신들만의 방법으로 죽음을 받아들이며 생을 마감하던 모습과, 그들의 마음과 행동이 오래도록 머릿속에서 지워지지 않았다. 밥을 먹다가 설거지하다가, 잠을 자다가도 돌아누울 때마다 자주 영화 속 장면과 마주쳤다.

그리고서 정리를 시작했다. 언제 떠나도 흔적 없이 떠나는 것이 좋겠다는 생각이 들었고 너무 많은 엄마의 흔적은 아이들에게 버거울 수 있겠다는 생각이었다. 내가 지금 당장 떠나는 건 아니라고 해도 그렇게 하는 것이 좋겠다는 결론이었다.

그런데 문제는 평생 해오던 습관을 막상 그만두려니 마음이 공중을 떠다니는 듯 어수선하고 안정되지 않았다. 흡사 가스를 잠그지 않고 나온 것 같은 불안한 외출이 길어져서 점점 큰 확신의 불길이 밀려오는 것처럼.

그렇지만 더는 안 하기로 마음먹었는데 어쩌나 하고 있던 바로 그때 친한 동생이 10년 일기장을 내밀었다.

"이거 보자마자 언니 생각이 났어요. 그래서 꼭 선물하고 싶었어요."

어찌나 좋은지, 또 어찌나 마음이 안정되는지 참말로 고마웠다.

이제 다시 기록한다. 내게 주어진 이 소중하고 감사한 선물 같은 하루하루, 기적 같은 날을.

내가 떠난 자리에 남겨진 아이들에게 버겁지 않을 만큼만 기록하고, 감사로 살다 간 엄마의 삶이 기쁘게 기억되기를 기도하며 10년 일기장을 가슴에 꼭 안았다.

기억의 저장은 자라는 동안 성찰과 성실의 훈련 도구가 되었다. 어떤 것이 옳았고, 어떤 것이 틀렸는지 돌아보게 했고 예의를 잃지 않으면서 목소리 내는 법을 저절로 터득하게 해 주었다. 글자를 배우고부터 무엇이든지 기록했던 나는, 기록을 통해 나를 이해했고 타인을 이해했다. 나를 사랑하고 타인을 사랑하는 마음은 기록에 의한 기억의 저장에서 비롯된 것이리라.

땅속에 묻어둔 항아리 속 깊고 감칠맛 나는 묵은지처럼, 제대로 숙성된 삶의 지혜가 기억의 저장 덕분이었음은 두말하면 숨찰 일이다.

공공의 적

어려서 내가 살던 동네에는 여자아이들보다 남자아이들이 더 많았던 걸까? 나는 왜 어둠이 내리도록 온 동네 골목길을 남자아이들과 뛰어다니며 놀았던 기억으로 가득한지 모르겠다. 매일 석양이 얼굴을 붉게 물들일 때까지 놀다 헤어져서 그런지 지금도 석양을 볼 때면 간혹 그때의 친구들 얼굴이 떠오른다. 어릴 적 남자아이들과 밤이 늦도록 주로 했던 놀이는 구슬치기 딱지치기 팽이치기 등이었다. 뭘 그렇게 계속 쳐댔는지.

이런 놀이는 보통 남자아이들의 놀이였고 고무줄놀이나 공기놀이는 여자아이들의 놀이였는데 나는 이 모든 걸 다하느라 세상 바쁜 유년을 보냈다. 학교에서는 여자아이들과 고무줄놀이, 공기놀이, 줄넘기 놀이를 하고, 집으로 돌아오면 동네 코흘리개 남자아이들과 구슬치기나 딱지치기를 했는데 언제나 남자아이들의 구슬과 딱지를 다 따고야 말았다. 그래서 나는 남자아이들에게 늘 공공의 적이었다. 공공의 적에게 일찌감치 집으로 들어가는 일이란 비열한 도주와 같은 것이었다. 하지만 배는 고프고 날도 저물어 집으로 돌아가고 싶어진 내가 해가 지도록 피, 땀, 눈물을 흘려가며 딴구슬이며 딱지를 돌려주려고 하면 녀석들은 어린 자존심에도 절대 거저 받지는 않으면서 나를 집으로 돌아가지도 못하게 하였다. 기필코 정당하게 이겨서 자기들의 거대한 자산인 딱지와 구슬을 되찾아 가려고 했던 모양이다.

구슬치기는 구슬을 한군데 모으고 우리가 정한 위치에 서서 구슬을 친 다음 선 밖으로 나온 구슬을 따게 되는 게임인데 녀석들은 어느 지점, 어느 포인트를 쳐야 밖으로 나오는지는 계산하지 않고 약이 바짝 올라 힘으로만 구슬을 쳐대니 구슬이 깨지거나 금이 가면서 밖으로 나올 기미는 전혀 보이지 않았다. 사실 모든 게임은 전략이거늘 자기들이 제대로 못 하고선 나에게 성질만 냈다. 정신없이 구슬이나 딱지를 다 따고 나면 녀석들은 새로운 아이템을 가지고 와서 나를 기다리고 있었는데 자기들은 선수 교체를 하고 나는 계속 혼자서 싸우는데도 이건 참 불필요하게 백전백승으로 내 주

좋은 어른이 될 결심

머니만 축 처지고 구슬이며 딱지가 가득가득 넘쳐났다. 기억은 내 입장에 맞게 저장되어 있을 터라 내가 뭐 그다지 얄밉게 굴면서 딴 것 같은 기억은 없는데 녀석 중 한두 명은 나를 밀치거나 때리기도 하였다. 얄밉게든 아니든, 어쨌든 내가 따는 결과였으니 몹시 미웠을 수도 있겠다. 나도 남편이 나와 보드게임을 할 때 일방적으로 계속 이기면 가만히 있어도 그가 어찌나 얄미운지 인제 와서야 남자아이들의 마음을 이해하게 되었다. 코흘리개 꼬맹이 녀석들은 날마다 원수처럼 헤어져 놓고 다음 날이면 어김없이 찾아와 같이 놀자고 불러내니 이것은 과연 원수인가 동지인가 하는 유년의 에브리데이 딜레마였다. 그러다 내가 다른 지역으로 이사하게 되어 그 동네를 떠나던 날, 녀석들의 비상 연락망은 나에게 자산을 다 잃은 온 동네 볼 빨간 초등학생들을 전부 불러 모았다. 배웅을 나온 아이들은 저마다 주머니에서 구슬이며 동그란 종이 딱지를 꺼내 내 주머니에 넣어주었다. 나도 그간 딴 걸 돌려주려고 가지고 나갔건만 자기들이 도리어 딱지와 구슬을 내 주머니에 넣어주며 선수 치는 아량이라니.

그중 한 녀석은 다른 아이들이 제 것을 나에게 나눠주니 저도 마지못해 내밀기는 했지만 몹시 억울한 듯 "어차피 네가 내 거 다 따가서 난 이것밖에 없어." 라며 볼멘소리를 했다.

"안 줘도 돼. 거기 가서 애들한테 또 따면 돼." 라고 하자 다른 아이들은 그래도 "아냐. 너 가져가." 라고 하는데 그 녀석만은 "얘 어차피 거기 가서도 다 딸걸? 어차피 다 따. 보나마나야." 라며 내키지 않는 손을 내밀었었다.

그 시절 원수이자 동지인 코흘리개 친구들이 꾸역꾸역 넣어준 구슬이며 딱지는 한참을 보관하다 내 손을 떠났는데 내가 잃어버린 건지 엄마가 버리셨는지 모르겠다. 얼마 전 문방구에서 그물망에 열댓 개씩 들어있는 구슬을 보자 그때 생각이 났다.

그 시절 우리의 전 재산이었던 놀이도구를 떠나는 내 주머니에 넣어주던 고사리손의 동지들, 나는 그 친구들의 공공의 적으로 살아서 행복하고 좋았다. 지금은 언감생심 누가 자기의 자산을 다른 이에게 거저 나누어주겠는가. 가난한 시절이었지만 아이들의 사회에도 질서와 의리가 있었다. 그렇게 조금씩 사회를 배웠고 그것은 동지애란 이름으로 내게 저장되었다.

좋은 어른이 될 결심

어른에게 편견을 배웁니다

나는 재래식 화장실 세대이다. 일명 푸세식이라고 불리는 구식 화장실. 초등학교 고학년이 되면서 전학해 온 서울의 학교는 화장실이 수세식이어서 정말 좋았다. 그때 나는 우리 학교가 세계 제1의 선진 초등학교라고 생각했었는데 그건 순전히 화장실에 있는 하얀 변기 때문이었다고 해도 과언이 아닐 것이다. 그야말로 눈이 부실 정도였다. 서울 학교의 화장실은 지금과 같은 의자 형태의 양변기는 아니었지만, 줄을 잡아당기면 물이 내려가는 방식의 좌변기여서 내가 서울을 사랑하고 학교를 사랑하기에 넘치는 필요충분 조건이었다. 눈을 뜨면 자꾸만 학교에 가고 싶어질 정도였으니까.

서울로 전학 오기 전 우리 식구는 마당이 있는 넓은 집에 세 들어 살았다. 안채의 주인집과 아래채의 우리 집 두 가구가 살았는데 주인아저씨는 극장 영화 포스터 간판을 그리시던 화가였다. 지금은 예술가로 사회적 인식이 좋아졌지만 50년 전에는 극장 간판을 그리던 화가들을 화가라 부르지 않고 그냥 간판장이라고 불렀다. 생각해 보면 그들의 예술적 가치를 깎아내리려는 의도가 아니었나라는 생각이 든다. 어쨌든 주인아저씨가 화가인 거지 주인아줌마가 화가는 아니었음에도 불구하고 아줌마는 마루 가득 아저씨가 밤새 그려놓은 영화 포스터를 마치 경매에 나온 고흐의 작품이라도 되는 것처럼 내가 쳐다보는 것을 좋아하지 않으셨다. 아니, 정확하진 않지만, 그런 것 같았다. 좀 길게 쳐다봤다간 돈이라도 내야 할 것처럼, 자기 집 마루를 루브르 박물관쯤으로 여기는 것 같았다. 하긴 언니나 동생은 화장실에 갈 때 주인집 마루 앞을 지나가지 않는데 나는 굳이 그 앞을 지나가며 기웃댔으니 아줌마 생각엔 좀 특이한 아이가 남편의 예술혼을 공짜로 획득하려 한다고 생각했을 수 있겠다. 사실 언니와 동생도 처음엔 힐끗거리며 지나다녔는데 어느날 월화의 공동묘지 간판이 그려져 있는 걸 보고 기겁을 하더니 더 이상 그리 지나가지 않게 되었고 나는 월화든 수목이든 그저 공동으로 쓰는 묘지인가 보다 하며 아랑곳 하지 않고 계속 지나다녔다. 게다가 자꾸 보니 그리 무섭지도 않거니와 여자 주인공의 입가에

좋은 어른이 될 결심

흘러내리는 빨간 피가 김칫국물 같다는 생각을 하고부터는 유치하고 웃겨서 자꾸만 주인집 마루 앞을 지나다녔다. 어쩌다 재수가 좋은 날에는 제법 야한 포스터가 그려져 있었는데 지금의 수위에 비하면 마시멜로보다 말랑말랑한 저자극 수위지만 초등학생 꼬마의 호기심은 거의 달나라 급으로 채워줄 수 있는 판타지였으니 그리로 지나다니지 않을 이유를 찾기가 더 어려웠다. 아줌마는 내가 그림을 좀 유심히 들여다본다 싶은 날에는 얼른 나와서 드르륵거리며 미닫이로 된 마루 문을 잽싸게 닫아 버렸는데 치사해도 여간 치사한 게 아니었다. 물감 마르기를 기다리느라 세워둔 간판 좀 봤기로서니 뭐 그럴 것까지 있나 싶었다. 그래서 그랬는지 주인아줌마와 나 사이엔 언제나 묘한 신경전의 줄이 팽팽하게 당겨져 있었다.

하루는 언니가 화장실에 갔다가 울상이 되어 들어왔다. 왜 그러냐고 이유를 묻자, 주인아줌마가 종이를 못 넣게 해서 묶어진 화장실 아래의 상태가 볼일을 보던 언니 엉덩이로 개구리처럼 풀쩍 튀어 올라왔다는 것이었다. 사실 그 경험은 우리 가족 모두가 겪는 불편함이었다. 그래서 엄마는 화장실에 다녀오면 혹시라도 엉덩이에 똥독이 오를 수 있으니 꼭 씻어야 한다고 신신당부하셨다. 번번이 씻어야 하는데 지금처럼 샤워 시설이 좋은 욕실이 있는 것도 아니고, 재래식 부엌 부뚜막 옆에서 문을 걸어 잠그고 씻어야 했으니 어려운 시대를 살았다고 해서 그런 일들이 불편하지 않은 것은 아니었다. 그런데 그날은 유독 심했는지 언니의 울상은 금방 펴지지 않고 결국 진짜 눈물을 찔끔찔끔 흘리고야 말았다.

"그라믄 신문지를 쪼매 집어 넣어볼까?" 해결책을 제시하자 언니는 울먹이는 말투로 "그거는 안 된다. 아지매가 그카믄 똥통이 금방 차가꼬 자주 퍼야 된다캐가 엄마가 절대로 조오 쪼가리는 넣지말라 캤다 아이가?"

"그런 기 어딨노? 즈그는 안 튀기나?" 내가 반박하자 언니는 다시 물었다.

"니는 이때까지 우예 눴노?"

"한 덩어리 누고 얼렁 궁디를 팍 들었제."

"내도 맨날 그래 했는데 오늘은 다 튀가꼬 신경찔이 나가 죽겠다."

그때 동생이 옆에서 느닷없이 울음을 터트리며 말했다.

"언니야, 내는 저번에 궁디 들다가 빠질 뻔해가 억수로 무서버서 다리가 벌벌 떨렸다."

동생의 눈물을 보자마자 반사적으로 한 뭉치의 신문지를 들고 방을 나섰다.

"우얄라꼬 진짜로 그거를 너을끼가?"

"언니 니도 따라온나. 아무 캐도 이거를 좀 집어넣어야 된대이.

좋은 어른이 될 결심

안 그라믄 야가 빠지뿐다 아이가. 변소에 빠지가꼬 똥독 오르면 죽
는다 카더라."

언니는 잔뜩 겁을 먹고도 따라나서긴 했다. 재래식 화장실 간격
은 아직 어린 동생이 다리를 벌려 앉아 있기엔 넓은 편이었다. 정
확히 이유를 알 수 없는 분노가 치밀어 올랐다. 언니는 여전히 짜증
에서 벗어나지 못해 화가 많이 난 것 같았고, 동생은 이제 언니들이
이 불편을 해결해 줄 전사로 나섰으니 더 이상 눈물을 흘리지 않았
다. 우리는 화장실 앞에서 신문지를 마구 집어넣기 시작했다.

동생은 망을 보고, 언니는 신문지를 구겨서 넘겨주고, 나는 화장
실로 진입해 들어가서 이왕이면 빈 곳 없이 골고루 분포되게 신문
지를 던져 넣었다. 마치 화장실 안에서 찢어진 신문지가 물결을 이
루는 것 같았다.

처음 한두 장을 넣을 때는 아줌마가 들이닥칠까 봐 가슴이 조마
조마했는데 언니가 구겨서 넘겨주는 신문지를 던져 넣다 보니 빈
곳에 딱딱 들어맞게 꽂히며 뭔가 묘한 쾌감이 생기기도 했다. 요리
조리 머리를 흔들어 빈 곳을 살펴 가며 신문지를 던져 넣었다. 바로
그때 찌이익 하며 귀에 거슬리는 소리와 함께 초록색 대문이 덜컥
열리고 쌍꺼풀 수술 같은 게 있을 리 없던 시절인데 상당히 부자연
스럽게 수술을 한 듯한 두꺼운 쌍꺼풀에 검은색 뿔테 안경을 쓴 주
인아줌마가 마당 안으로 들어섰다. 동생은 닫힌 대문 안에서 망을

본 것이다. 언니와 나는 대문 밖으로 애를 내보내서 망을 보게 한단 생각을 못 했을 만큼 우리는 셋 다 어렸다. "느그 뭐 하는 기고?" 화장실 문밖에 서 있던 동생과 계단을 두 개쯤 밟고 서 있는 언니와 화장실 안으로 진격해 있던 나는 아줌마가 지르는 소리에 놀라 그만 자리에 얼어붙고 말았다. 이미 아기 같은 동생의 착한 눈동자는 잔뜩 겁에 질려서 아줌마를 제대로 쳐다보지 못하고 더 할 수 없이 애절한 눈빛으로 나를 바라보고 있었다. "느그 뭐하노? 뭐 하는 기고, 와 일부러 똥두간에다가 종이를 집어넣고 있노 어이? 내가 조오 쪼가리 넣지 말라 캤는데, 느그 엄마한테 얘기 못 들었나?"

"아지매 잘못 했심더." 언니가 잔뜩 겁을 먹고 연실 잘못했다고 하는데도 아줌마는 버릇인지 화가 나서 그러셨는지는 모르겠지만 자꾸만 언니의 팔뚝을 쿡쿡 찔렀다. '아지매 고만하이소 고만. 한 번만 더 우리 언니 쑤시기만 해 보이소'

속으로 하나둘 심호흡을 하며 급발진을 준비하고 있었는데….

거리상 아줌마 바로 앞이 언니이고 그다음이 동생 나는 화장실 계단에 반쯤 걸쳐진 채 서 있었는데 아줌마가 또다시 언니의 팔을 꼬집듯이 쿡쿡 쑤시면서 말했다.

"말해바라 느그 엄마한테 들었나 못 들었나? 셋이 작당을 해가꼬 이기 뭐 하는 짓이고?"

결국 나는 폭발하고 말았다.

좋은 어른이 될 결심

"아지매 들었어예 들었으면 우짤 낀데예. 우리 엄마가 넣지 말라 캅디더. 그런데예 변소에 앉아가 똥 누다가 궁디 쳐드니라꼬 고마 여 빠지가 죽을 거 같아예. 야는 아직 키가 작아가꼬 다리가 짧아가 궁디 들다 빠질 뿐 했다 아임니꺼? 똥통 빨리 차는 기 머 그래 중요해가꼬 그카는교? 그라믄 느무집 귀한 아가 똥두간에 빠지는 건 괜찮아예?"

"아이고 야 봐라 야 봐라 어디서 눈을 똑바로 뜨고 어른한테 말 대꾸를 해쌌노? 몬땠네 몬땠어."

"아지매가 우리 언니를 쿡쿡 쑤시민서 계속 물어봤다 아임니꺼? 물어보이 대답하는 거지예."

"그라믄 내가 니한테 물었나 니가 와 대답하노 니가 너거 언니가?"

"언니만 대답하라 카는 법 있어예? 내가 대답하믄 와 안되는데예? 그라고 아지매는 궁디에 똥 안 튀예?"

나랑 아줌마의 언성이 높아지자, 겁을 먹은 동생은 옆에서 언니 손을 꼭 잡은 채 울기 시작했다.

"아이고 야야 니는 와 우노? 아지매가 때리기를 했나 뭐라 카기를 했나 와 우노? 느그 엄마는 어데 갔노? 그라고 니가 둘째제? 어디 어른한테 따박따박 말대꾸를 해쌌노 버릇없구로. 내 기가 찬데 이 기가 차."

할 말은 팔당댐 수문 열어 놓은 것처럼 쏟아져 나오게 많았지만, 언니가 자꾸 눈짓을 해서 더는 말할 수가 없었다. 울고 있는 동생의 손을 옮겨 받아 꼭 잡았다. 아줌마는 뭐가 그리 분한지 계속 씩씩대고 있었고 언니는 아줌마에게 머리를 조아리며 "아지매 잘못 했어예"를 반복하고 있었다. 그 꼴을 보다가 아줌마가 들으라는 듯 더 큰 소리로 동생을 달랬다.

"울지 마라. 고만 울라 안 카나 똥통만 안 차면 되이까, 니 하나 변소에 빠지는 건 아무것도 아이대이. 집에 아무도 없을 때 변소 가지 마래이. 니 하나 조용히 빠지 죽는다 캐도 아무도 모린다 아이가. 꼭 아지매가 집에 있을 때 가래이. 그래야 혹시라도 니 죽으면 아지매는 안다 아이가?"

"허이허이 끅끅 그라믄 언니야 내가 빠지도 아무도 몰라가 죽어 뿌믄 우짜노?"

동생은 온몸을 들썩이도록 무서움에 떨며 울고 있었다.

어린 동생에겐 우리를 나무라는 아줌마가 무섭고 진짜로 똥물이 튀어 오르는 화장실이 무서웠을 것이다.

"뭐 우짜겠노 니가 빠지뿌믄 어차피 똥통이 금방 다 찰끼고 그라믄 안 꺼낼 수가 없다. 신문지를 넣는 기나 니가 빠지는 기나 마찬가질 기라."

내 말에 아줌마는 정말 화가 나셨는지 소리를 지르시며

좋은 어른이 될 결심

"가시나 니 머라 캤노? 니 억수로 몬땠네??"

"예예 못 땠어예. 그라믄 못 땠단 소리 안 들을라꼬 동생이 변소에 빠지 죽는 거를 보고 있는 기 맞는 깁니꺼?? 그기 착한 기라예?"

그때 열려있던 문 안으로 엄마가 들어오셨다. 영원히 끝나지 않을 것 같던 소란이 멈추고 나는 이제 됐다. 라고 생각했다.

동생은 엄마를 보자마자 울음을 터트렸다. 나의 억울한 갈비뼈도 같이 떨렸다.

아줌마는 대문 안으로 들어서는 엄마를 향해 그날의 전체적인 상황을 설명하는 것이 아니라 내가 말대꾸한 상황만 장황하게 늘어놓았다.

"아이고야 여 둘째 가시나 억수로 주디가 야무네. 한마디도 안 진다. 즈그 언니한테 물어도 지가 말대꾸하고 지 동생이 우이깨네 내한테 눈을 요래 치키 뜨민서. 그거를 봐써야 설명이 될 낀데. 야가 요래가 꼬라바싸서. 그라고 밸 말도 안했구만 하나는 계속 울어싸코……" 엄마가 동생을 데리고 들어가 있으라고 말씀하셨지만 나나 언니가 부연 설명을 해야만 할 것 같은 생각에 선뜻 발걸음이 떨어지지 않았다.

"엄마, 그게 아이고예……. 원래 여 변소 똥이 억수로 튄다 아입니꺼? 언니가 아까 변소 갔다 오디만 궁디에 항금 튀가꼬 우리가 신문지를……."

"시끄럽다. 고마 드가라. 뭐하노 동생 데꼬 안 드가고? 퍼뜩 안 드러가나?"

세찬 비바람에 등이 떠밀리고 우산이 뒤집어지는 심정으로 떨어지지 않는 억울한 발길을 돌릴 수밖에 없었다. 우산이 뒤집어지는 바람에 살이 부러진 것처럼 뭔가 개운치 않게 마음이 부러진 것만 같고, 나의 바른말이 우산살처럼 꺾인 기분이었다.

엄마는 마당에 서서 검은색 안경테 너머로 거의 감길 듯이 두꺼운 쌍꺼풀을 바라보며 한참을 길게 이야기하셨다.

"그래도 우리가 제법 마이 넣었제?"

언니는 그제야 정신을 차린 듯 살짝 신이 난 목소리로 물었다.

"그거 가꼬 되나 좀 더 너었어야 될 낀데. 그라고 언니 니는 말라꼬 자꾸 잘못했다 캐쌌노? 우짜든동 넣을 때 학실하이 넣었어야 되는 긴데, 고마 아지매가 쪼매만 더 늦게 왔으면 딱 댔을 낀데 아까바 죽게따. 엄마도 언니 니 맹키로 잘못했다 카민서 사정하는 거 아인지 모르겠다. 신경찔 나구로."

문틈으로 살짝 내다봐도 엄마와 아줌마의 말소리는 들리지 않았다.

"그래도 아지매가 종이는 넣지 말라 캤는데 너었으이까 잘못한 거는 맞다 아이가?"

"넣지 말라카는 거 자체가 말이 안 되는 기다. 똥두간에는 원래 종이가 같이 쫌 드가야 되는 기다. 똥만 마이 모이면 폭발할 수도 있는 거 모라나? 저 아지매 주인이라꼬 억수로 치사하게 구는 기다."

그렇게 말하는 동안 평소에 아줌마가 영화 간판을 못 보게 했던 일도, 그 집 마루 앞을 지나갈 때마다 문을 닫던 일도 모두 치사하게 떠올랐다.

"그라고 가마히 함 생각해 바 바. 변소만 치사한기 아이다. 아저씨가 화가지 아지매가 화가는 아이잖아. 그까짓 그림 쪼매 쳐다본다꼬 문을 탁탁 닫아가매 치사하게 굴었다 아이가. 뭐 억수로 잘 그리는 것도 아니고. 아저씨가 피카소가?"

그땐 아는 화가가 피카소밖에 없어서 아저씨를 피카소에게 비유했다. 그러자 간신히 울음을 그친 동생이

"언니 니가 쩌번에는 주인집 아저씨가 억수로 그림을 잘 그리는 기라 카민서 말라꼬 저 아줌마랑 결혼을 했겠노 안 그캤나?"

내가 그런 말을 했던 걸로 보아 어린 나이에도 아저씨랑 아줌마가 퍽 안 어울려 보였거나 아줌마를 미워하는 마음을 못내 그리 표현했던 모양이다.

주인 아줌마와 얘기를 마치고 엄마가 들어오셨다. 그런데 우리를 혼내지 않으셨다.

"엄마 저 아지매 머라카던데예? 아지매가 먼저 막 소리를 지르

고 뭐하는 짓이고 카민서 우리를 구박했단 말입니더."

"고마 잘 됐다. 한번은 말할라 캤는데 일이 오늘 마침 딱 이래 돼가꼬. 안 그랬으면 사실 불편해서 계속 우예 살겠노?"

그랬다. 엄마도 나와 같은 생각이셨다.

"인자 신문지를 밑에다 쪼매씩 집어 넣기로 했다. 진작 그랬어야제. 뭐 한다꼬 그런 거를 애끼는지 모르겠다. 아저씨가 그래 돈 잘 번다꼬 버는 자랑이나 하지 말든가."

"그라믄 엄마, 내가 잘못한 거 아이지요? 내 말이 맞다 아입니꺼?"

엄마의 생각도 내 생각과 같았음에 의기양양했다. 엄마 생각이 내 생각이고 엄마가 내 생각대로 아줌마를 이겨준 것 같아서 문 앞에다 승리의 깃발이라도 보란 듯이 걸고 싶었다. 그렇지만 엄마는 엄한 말투로

"그러타꼬 어른한테 그래 따박따박 말대꾸하믄 되나?"

"아지매가 자꾸 언니를 쿡쿡 쑤시민서 말해봐라 카는데 언니는 잘못했다 카고 야는 자꾸 울어싸코 고마 허페가 디비질라 캐가꼬 대답한 기지 말대꾸는 아이란 말이라예."

"그래도 어른들한테 그카믄 안 된다. 니 말이 다 맞아도 버릇없게 굴믄 부모 욕 얻어 멕이는 기다." 참 답답했다. 진짜 예의가 없는 게 아니라고 생각했는데 내 편인 엄마가, 내 덕분에 불편을 해소하

좋은 어른이 될 결심

게 된 엄마가 편을 들어주지 않아 너무 속상해서 그날 저녁에 밥을 먹지 않으려고 했었다. 그런데 하필 반찬이 고등어구이여서 고등어구이 앞에 무너지고만 어이없는 어린 날의 내 먹성이라니….

그날 이후 언니와 내가 다투거나 동생이 나랑 싸우다 울기만 하면 아줌마는 어김없이 나타나서 언니나 동생 편을 들며 나를 나무랐다. 심지어 엄마가 들어오시면 언니나 동생에게 유리하게 각색하여 일러바치는 그 행동을 도통 이해할 수가 없었다.

"이 집 둘째 가시나는 아가 쪼매 사납제? 즈그 언니 찜쪄묵겠더라. 눈매 바라 날카로바가 즈그 언니는 순해가꼬 자를 못 당한데이."

말도 안 되는 소리다. 평생 내 소원이 언니 한번 이겨보는 거였고 그 소원은 이미 포기한 지 오래된 전설이다. 언니의 조용한 카리스마를 안 겪어 본 사람은 모를 일이다.

아줌마는 내가 힐끗힐끗 자기 집 피카소의 그림을 훔쳐본 대가를 그렇게 받아 내실 모양이었다.

그래도 그나마 덜 서러웠던 건 아줌마가 언니나 동생 편을 들 때면 엄마는 한결같이 말씀하셨다.

"모르셔서 그래예. 우리 둘째가 셋 중에서 마음이 젤 여리고예, 야는 내가 신경 쓸 것도 없이 지 할 일을 잘 알아서 하고예, 엄마 마음도 젤 잘 알아준다카이요."

나는 어렸지만 용감했다. 세입자의 서러움은 사실 내 것이 아니라 내 부모의 것이었으므로 누가 시킨 것은 아니지만 억울한 건 억울하다 소리를 냄으로써 잘못된 것을 바로잡을 기회를 놓치지 않았다. 그 덕분에 나는 자라는 내내 당돌하고 못된 아이란 소리를 들어야 했다. 그렇다고 해서 당돌한 아이라는 팻말 아래 서 있을 때마다 엄마가 항상 변호해 주거나 억울함을 풀어준 것은 아니었다. 내 엄마 역시 가끔은 그 팻말 옆에 못된 년이라는 깃발을 가지고 와서 꽂아주는 은혜를 베풀기도 했으니까.

부모가 되어서 아이들에게 편협하고 권위적인 엄마가 되지 말아야겠다고 생각하는 모든 순간에 아줌마와의 화장실 사건이 떠 올랐다. 나는 아이들과 바른 소통의 엄마가 되기 위해 노력했다. 물론 내가 어떤 엄마였는지에 대한 평가는 아들들에게 물어보아야 할 일이지만.

어른과 아이, 그 관계 앞에 권위와 편견을 내려놓는 것이 가장 바른 소통의 길이란 걸 어른을 통해서 배웠다. 어른이 먼저 귀 기울여 줄 때 아이들이 비로소 예의를 갖추게 된다는 것을 그때 이미 알아 버렸다.

좋은 어른이 될 결심

절세미족이라도

아들이 없어 평생 한이 맺힌 엄마에겐 좀 미안한 일이지만 우리 집에 아들 없음이 신의 한 수였다고 생각하는 우리 자매는 가끔 우리 가운데 아들이 하나 있었다면 평생을 아들 타령하는 엄마와 유별난 누나나 여동생 사이에서 그가 어떻게 살아냈을지 불 보듯 뻔하다고 얘기하곤 한다. 그 말은 완전히 우스갯소리만은 아닌 진심이 가득한 통찰의 말이다.

하지만, 아들 없는 게 다행인지는 몰라도 자매들끼리의 비교 과정을 뺄 수는 없는 필수 불가결한 인생이었다. 어디를 가든 누구를 만나든 나는 늘 언니와 비교당했다. 100명 중 99명은 언니가 훨씬 예쁘다고 하고 키가 작고 여성스러운 언니의 행동은 내가 봐도 사랑을 독차지할 만하다 여겨져서 딱히 반박할 수 없는 진실이기도 했다. 거기에 동생 역시 누가 봐도 막내처럼 보이는 외모가 오밀조밀 참으로 귀엽게 생겨서 나조차 동생을 매일 깨물고 귀찮게 하면서 예뻐했다.

그 둘에 비하면 나의 외모는 그저 평범하기 이를 데 없었다. 어찌 보면 사내 아이 같기도 한 외모는 사춘기가 되어서야 여자라는 정체성을 찾기 시작했으니 나는 딸인가 아들인가 하는 세월을 살았다. 그나마도 생리를 안 했다면 더 오래도록 몰랐을 진실이었다. 어른들도 맏이인 언니를 항상 우선순위로 여기고 교회 오빠들 역시 온통 언니를 두고 경쟁 구도가 형성되었다. 동네 남학생들에게도 언니는 연애 세포를 자극하는 모양이라, 염려가 넘치던 엄마는 언니의 보디가드로 나를 지목해 항상 배웅하고 마중하게 해서 언니의 경호는 언제나 내 몫이었다. 엄마는 왜 나는 밤길이 안 무서울 거로 생각하셨는지 모르겠지만, 언니가 학교에서 늦어져 어두워지기 시작하면 버스 정류장이나 골목길로 어김없이 나를 내보내셨다. 귀찮은 마음에 투덜거리며 들어선 골목에서 어둑어둑 해가 지는 하늘을 바라보면 그래도 마중 나오길 잘했다는 생각이 들었는데 그건 어쩌면 훈련과 세뇌 때문이었는지도 모를 일이다.

중학교 1학년이 되던 해 여름날, 시골 마을의 작은 교회로 수련

회를 가게 되었다. 예배를 마치고 개울가로 나가서 시원한 개울물에 발을 담그고 있는데 집사님 한 분이 다가오시더니 맑은 물에 비친 내 발을 보시면서

"어머나, 너 진짜 발이 이쁘구나. 세상에 어쩜 이렇게 발이 작고 이쁘니?" 라고 말씀하셨는데 그제야 알았다. 내 발이 작고 이쁘다는 것을. 아무도 말해주지 않던 작고 예쁜 내 발이 물속에서 헨젤과 그레텔의 조약돌처럼 반짝이고 있었다.

교회 오빠들이 우르르 달려와서 어디 보자 어디 보자며 얼굴을 들이밀었다. 물 밖으로 꺼내 놓으니 진짜 내 발이 작고 하얀 것이 참으로 이뻤다. 신데렐라의 구두도 딱 맞을 것 같은 발이 이렇게 이쁜 걸 왜 14년 동안이나 몰랐을까, 이렇게 이쁜 것이 있어서 언니와 동생에게 견줄만하다니. 근데 그러면 뭐 하나? 그 시절엔 샌들도 흔하지 않고 나에겐 내 예쁜 발을 빛내줄 슬리퍼도 없어서 한여름에도 양말을 신고 운동화를 신었으니 꼭꼭 숨긴 내 발이 운동화 안에서 하얗게 빛나고 있다 한들 아무도 모르는데 무슨 소용이란 말이다.

그날부터 이 이쁜 걸 어떻게 보여주나 고민했다. 발 이쁜 거 보여주려고 물구나무를 서서 다닐 수도 없고, 언니와 동생보다 더 이쁜 걸 처음 발견했는데 자랑할 수가 없어서 애석하고 속상했다. 내 남자 친구들도 자기들에게는 연상인 언니를 누나 누나 하면서 따르

니 그때마다 나는 친구들에게 "우리의 우정을 위해서 절대 양말은 안 벗겠어. 내가 양말 벗는 순간 너희 다 설렌다 조심해라. 심장 나대다가 입 밖으로 튀어나와도 책임 안 진다." 라며 굳이 선을 그어 필요 없는 우정의 영역을 표시해 주었다.

그러나 사실 외모가 언니보다 이쁘지 않아서 속상한 적은 많지 않았다. 나는 나대로 주목받는 분야가 있었기 때문에 어차피 우선순위에 두지 않는 외모를 비교당했다고 해서 슬픔의 사춘기가 밀려오진 않았다. 특별히 이뻐지려고 노력하지도 않았거니와 그런 관심은 사양하겠다는, 다소 도도한 사춘기의 질병을 앓고 있었다.

어쩌면 노력한다고 해서 이길 수 있는 언니의 미모가 아니고 애교를 장착한다고 해서 동생의 귀여움을 흉내 낼 수 없을 거란 진실을 제법 대범하게 받아들이고 있었던 모양이다.

그런 중에 평생 숨겨져 있던 내 발이 그토록 이쁜 것을 알게 됐으니 충분히 위안이 되고 자신감이 생겼다. 주목받기 위해 치열했던 시간에 전혀 치열하지 않아도 될 천부적인 재능 같은 예쁜 발을 가졌음이 무척 뿌듯하고 웃음이 나왔다.

나는 지금도 발 사진 찍는 걸 좋아한다. 아무리 많은 사람이 발을 내밀고 찍어도 사진을 보는 사람들은 제일 이쁜 발로 항상 작고 귀여운 내 발을 골랐다. 그거면 충분했다. 굳이 발 사진을 찍으면서 언니나 동생보다 이쁜 것이 있다 확인하는 나의 최면이었는지는 모르지만 어쨌든 충분했다.

그리고 어느 날 100명 중 99명을 제외한 단 한 명, 내 남편이 마치 숨겨진 발을 알아본 것처럼 나에게로 왔다. 절세미족(絶世美足)을 알아보는 눈이라니.

만약 언니나 동생보다 이쁘지 않아서 사람들의 비교에 절망했더라면 아무것도 못 하고 매우 우울했을 것이다. 외모로 주목받지 못했기 때문에 다른 것을 연구하고 노력했다. 그러다 보니 잘하는 것이 차츰 늘어났고, 잘하는 것이 생겼다는 건 사람들이 나에게 주목했다는 뜻이기도 하다. 그 때문에 나는 원하는 때, 원하는 분야에서 리더로 살 수 있었다.

사람은 모든 걸 다 가지고 태어날 수는 없다. 부족한 것이 없어 보이는 사람에게도 반드시 부족한 것이 있기 마련이고, 내세울 것이 아무것도 없는 사람에게는 숨겨진 예쁜 발이라도 있게 마련이다. 그것이 내 삶을 절망에 가두지 않아도 되는 충분한 이유이다. 자신감에는 절망을 이기는 놀라운 힘이 있다. 딱 한 가지만 찾아도 된다. 희고 작은 예쁜 발이라도.

나의 병법

나의 시대에 나는 여자 똘이 장군이었다. 똘이 장군은 1979년 김청기 감독의 애니메이션이다. 똘이 장군은 이름이 주는 느낌 그대로 아주 똘똘하고 용감한 사내아이다. 장군이라는 계급은 나중에 악당을 물리치면서 사람들에 의해 별명처럼 붙여진 것이고 그렇게 어린 꼬마에게 나라에서 정식 계급을 달아준 것은 아니었다. 말하자면 똘이 장군은 그 시절의 히어로였던 셈이다. 힘없고 억울한 자들 앞에 나타나서 그 억울함을 위해 대신 싸워주는 어린 영웅이었다. 나에게 그런 별명이 생긴 것은 누구와 언제, 어떤 형태로 싸움이 붙어도 백전백승이라는 승률이 있었기 때문이지만 알고 보면 사실 똘이 장군만큼의 전략은 없었기에 용감하기는 하나 절대 영

좋은 어른이 될 결심

웅이라고는 할 수 없다. 자라면서 나는 남자아이들한테 맞은 적도 많았기 때문에 영웅이라 칭하기엔 다소 부끄러움이 올라올 수 있다. 그런데도 주변 누군가의 억울한 어떤 상황 앞에 서면 끊임없이 오지랖을 떨었다. 그러다 남자아이들의 버거운 욕설을 온몸으로 받아 내거나 기대 이상의 애정이 담긴 묵직한 발길질을 받을 때가 많았는데 어떤 때는 마지막에 내가 돌려줄 단 한 대를 위해 열 대를 맞은 적도 있었다. 하지만 열 대를 맞으면서 돌려준 그 한 대 때문에 남자아이들은 더 이상 나를 건드리지 않았다.

내가 초등학교 6학년 때 중학교 2학년인 우리 언니를 좋아했던 같은 학년의 남학생이 있었다. 그 남학생은 우리 집 바로 위층에 살고 있었는데 자주 길에다 침을 휘휘 날리면서 다녔다. 그건 뱉었다기보다 날리는 것에 가까웠다. 그 모양이 다소 불량해 보이고 마음에 들지 않았다. 하지만 나중에 중학생들을 가만히 관찰하니 중학생 때는 타액이 넘쳐나는지 아니면 피가 부글부글 끓어서 침을 뱉지 않고는 안 되는 크고 깊은 고충이 있는지는 모르겠지만 어쨌든 길에다 침을 뱉는 아이들을 종종 볼 수 있었는데 혀를 말아서 멀리 휙 하고 내뱉는 침은 시대를 불문하고 그 또래의 전유물인 모양이다.

그렇게 뱉어대던 침은 고등학교 고학년쯤 되면서부터 현저히 줄어드는 걸 볼 수 있는데 그것을 심각하게 관찰하던 한때, 사춘기의 이런 현상을 학회에 보고해야 하나 진심으로 고민한 적이 있었다.

어쨌든 언니를 좋아하던 남학생은 무슨 자격증이라도 받을 것처럼 열심히 침을 뱉어대더니 결국 하루는 학교에서 돌아오던 언니의 교복 위로 침을 날리는 실수인지 만행인지를 저지르고 말았다. 집에 들어올 때부터 이미 짜증이 극에 달한 언니는 교복을 벗어 빨면서 화를 가라앉히지 못했다. 언니의 그 반응을 보면서 참으로 궁금했다. 분명 언니를 좋아하는데 왜 침을 뱉었을까? 조준을 잘못했나? 아니면 바본가? 입이 삐뚤어진 걸까?

이유와 상황이 어찌 되었든 한번은 엄중히 경고해야겠다는 생각에 앞뒤 재지 않고 위층으로 뛰어올라갔다. 호기롭게 초인종을 눌렀더니 녀석이 신발도 미처 신지 못하고 나와 문을 열었다. 녀석에게 우리 언니가 지나갈 때 한 번만 더 침을 뱉었다간 다시는 그 혀로 침을 멀리 뱉지 못할 거라고 제법 독한 표정으로 엄포를 놓는데 나만 독했나 보았다. 녀석은 표정 바꿀 시간도 주지 않고 내 얼굴 정면을 향해 어른들이 가장 두려워한다는 중학교 2학년의 주먹을 날렸다. 정말이지 쉴 새 없이 맞았다. 얼마나 맞았는지 셀 수도 없었다. 게다가 이차 성징이 나타나기 시작해 봉곳해지고 있던 내 가슴은 살짝만 스쳐도 아플 때였는데, 배려 따위는 찾아볼 수 없는, 그야말로 미쳐 날뛰는 중2의 주먹이었다. 대체 내가 한 말 중 어떤 표현이 녀석의 심기를 그토록 건드렸는지 모르겠지만 녀석의 주먹과 발길질을 온몸으로 받아 내고 있자니 사지가 얼얼해졌다. 하지만

좋은 어른이 될 결심

그런 와중에 정신을 가다듬어 이를 악물고 삼팔선 위쪽을 밀고 올라간 강원도의 산맥만큼 기를 쓰며 집안으로 밀고 들어갔다. 그리고 마침내 녀석의 머리통을 향해 풀쩍 뛰어올라 니킥을 날리며 딱한 대를 내려쳤다. 그리고 돌아서서 천천히 매우 당당하게, 절대로 두렵지 않은 듯한 뒷모습을 연출하며 녀석의 집을 빠져 나왔다. 그러나 현실은 화살보다 빠르게 걸음아 날 살려라. 턱을 덜덜 떨며 집으로 돌아왔다. 녀석에게 맞은 온몸이 욱신욱신 아팠기 때문에 영혼까지 탈탈 털린 기분이었다. 그리고 나는 완전히 쓰러졌다.

그런데 그날 이후 녀석은 내 눈에 잘 띄지 않았을뿐더러 언니 앞에서 절대 침을 뱉지 않았다. 한 대를 맞지 않기 위해 열 대를 때려야 하는 자신의 열정과 분노가 힘들었는지, 아니면 그날 맞은 머리통 때문에 혀가 안으로 말려 들어가는 부작용이 생겨 더 이상 휫하고 침을 날릴 수 없었는지는 모르겠지만. 그날의 진실은 미스터리가 되어 기억에 남았고, 그것은 언니와 동생을 지키는 비결이 되었다.

언니의 남동생처럼 동생의 오빠처럼 살아오면서 터득한 싸움의 기술은 전쟁 같은 사회에서 나와 가족을 지키는 전술로 차곡차곡 내 병법서에 기록되어 있다.

나에게는 지금도 백전백승의 비법이 담긴 수십 권의 병법서가 있다.

좋은 어른이 될 결심

아버지는 서울 출신으로 엄마가 살고 있던 대구에 지사를 둔 회사에서 근무하실 때 엄마를 만나 사랑에 빠져 결혼하셨고, 결혼 후 그곳에 정착하여 십여 년을 사셨다. 우리 세 자매는 모두 그곳에서 태어났다. 그러다 내가 초등학교 5학년이 되던 해, 아버지의 고향인 서울로 이사를 왔는데 중고생들의 서울 전학이 쉽지 않던 시절이라 동생과 나는 부모님을 따라 올라오고 전학이 되지 않았던 중학생이 된 언니만 이모 집에서 9개월 정도 보내게 되었다. 9개월을 떨어져 지내는 동안 언니와 나는 매일매일 편지를 주고받았고 주말이 끼어 하루 거르게 되면 두세 통의 편지를 받게 될 정도로 우리의 우애는 특별했다. 그때마다 집배원 아저씨는 이렇게도 애틋

한 자매가 있느냐며 신통해 마지않으셨다.

엄마는 떼어놓고 온 언니가 그리워 눈물 마를 날이 없었다. 서울 가면 코도 베어간다는 말이 있을 만큼 지방과 다른 서울 환경에 적응하느라, 또 새롭게 살림을 합치게 된 할머니까지 엄마에겐 쉽지 않은 숙제였을 것이다. 9남매 중 여덟째인 엄마가 외할머니와 이모들, 외삼촌들까지 옹기종기 모여 살다가 혼자만 서울로 이사하게 된 일은 충분히 엄마를 외롭게 할만한 일이었다. 게다가 언니를 두고 왔으니, 약간의 생활비와 언니의 용돈을 보내느라 엄마가 느끼는 생활의 곤고함은 더 깊었을지도 모른다. 하지만 정작 그때 동생과 나는 너무 어렸기에 엄마를 이해하지 못하는 날이 많았다. 엄마가 유독 언니만 더 사랑하는 것 같아 서운함은 차곡차곡 쌓여갔고 그런 생각은 동생과 나를 더욱 끈끈하게 만들었다.

언니는 엄마가 보내준 많지 않은 용돈을 모아 동생과 나에게 그 시절에 흔치 않았던 샤프나 귀한 학용품들을 사서 보냈다. 어느 날 동생이 잘 쓰지 않던 편지를 쓰겠다고 편지지를 들고 앉더니 동네 아이들 대부분 가지고 있던 스카이 콩콩이 갖고 싶다고 적었다. 계속 사달라고 떼를 써도 엄마가 안 사준다는 투정과 함께.

그랬더니 언니가 꼭 사주겠다는 약속의 답장을 보내와 겨우 동생을 달랬던 적이 있었다. 동생은 아직 어려서 보는 것마다 먹고 싶다 하고, 또 갖고 싶다고 떼를 써서 호되게 혼을 내곤 했지만, 밖에 나가 동생이 설움을 당하지 않게 잘 데리고 노는 것 또한 내 책임이라고 생각했다. 아버지와 엄마가 일하러 나가시고 안 계시는 동안 나는 오롯이 동생의 보호자이고 선생님이고 친구였기에 12살의 어린 내 어깨는 단순히 언니의 어깨 그 이상이었다. 아마도 그때 내 어깨가 이토록 넓어진 것 같기도 하다. (지금 내 어깨는 헐리우드 여전사를 방불게 한다.)

학교에서 돌아오면 우선 숙제부터 다 해놓고 나가서 놀아야 했다. 그건 엄마와의 약속이었다. 간혹 친구들과 학교에서부터 약속하고 오는 날에는 가방을 던져놓고 나가 실컷 놀다 들어와서 엄마가 돌아오시기 전까지 눈썹이 휘날리도록 숙제하느라 정신이 없었다.

서로 숙제를 도와줘 가며 내일부터는 반드시 숙제부터 하고 놀자고 날마다 맹세했지만, 안 하는 게 나을 맹세였다.

한동안 친구들과 자전거를 빌려 타고 멀리 들판으로 가서 냉이도 캐고, 제법 거리가 있는 둑길까지 누가 누가 일찍 도착하는지 시합했는데 나는 항상 꼴찌였다. 왜냐하면 내 자전거 뒤에는 언제나 동생을 태우고 가야 했기 때문에 친구들만큼 속력을 낼 수 없고 속력이 나지 않았다. 자전거는 1시간 30분에 50원을 주고 빌린 것으로 기억하는데, 겁이 많은 동생은 자기 몸집보다 큰 자전거를 무서워했고, 동네에서 제법 거리가 떨어진 곳으로 자주 다녔던지라 어린 동생이 자칫하면 우리를 쫓아오지 못해 놓칠 수 있다는 염려가 자전거를 따로 빌리지 못했던 이유였다. 그리고 진짜 이유는 자전거 대여료 50원은 우리에게 큰돈이었기 때문이었다.

우리는 늘 함께 다녔다. 동생에겐 제 친구들과의 추억보다 내 친구들과의 추억이 더 많을 것이다. 다행히 지방에서 전학을 와 친구들을 제법 의리 있게 잘 사귄 건지, 아니면 워낙 동생이 순하고 착했기 때문인지는 모르겠지만 친구들은 내 동생을 자기 동생처럼 잘 챙기며 데리고 다녔다.

그렇게 자전거를 타고 멀리까지 가서 놀다가 돌아오면 항상 해가 뉘엿뉘엿 저물 때였는데 자전거포 주인아저씨는 조금만 늦으면 소리를 지르고 침을 튀겨가며 잔소리를 그치지 않았다. 당시 우리에게 시계가 있었는가 휴대전화가 있었는가. 그저 지는 해로 시간을 어림잡아 놀다 돌아오던 시절이었건만.

우리가 들어오고 나면 더 이상 자전거를 빌려 가는 사람 없이 잠깐 있다 가게 문을 닫는 것 같은데 아저씨는 뭐 그리 오래도록 숙제할 시간까지 뺏어가며 잔소리를 하셨는지 모를 일이다. 물론, 이건 어린아이의 시선으로 생각했던 일이라 정확한 사정은 알 수 없지만 그때를 떠올릴 때마다 서러움이 되살아나곤 한다.

대부분 동생을 태우고 오느라 어차피 내가 꼴찌로 도착했기에 자전거포 주인아저씨의 잔소리는 홀로 감당해야 할 내 몫이었다.

아저씨는 또 뒤에다 동생을 태우고 다닌다고 편지의 추신 같은 잔소리도 꼭 덧붙이셨는데 그땐 모두들 그렇게 자전거를 타고 다닐 때여서 아저씨의 마지막 잔소리는 부당하다는 생각에 반발심만 생겼다.

들판으로 나갔다 돌아온 어느 날, 오늘 또 동생을 가지고 트집만 잡아봐라. 반발심이 최고조에 이르고 있었는데 어김없이 잔소리가 날아왔다. 자 이때다. 하고 나는 용감하고 씩씩하게 대들었다.

"그럼 있는 동생을 어디에다 두고 가요? 얘가 없어야 말이죠. 아저씨는 동생이 있는데 집에 혼자 놔두고 갈 수 있어요?"

튀어나올 것 같이 벌렁거리는 가슴을 꾹 누르고 대차게 대들었다가 대차게 꿀밤만 맞고 울면서 집으로 돌아왔다.

지금 같으면 상상도 못 할 일이다. 감히 남의 집 귀한 자식 머리에 꿀밤을 놓았다간 소송에 걸릴 일이 아닌가?

그렇게 집으로 돌아왔지만 엄마한테 자전거포 아저씨께 꿀밤 맞은 일은 일러바치지 않았다. 엄마가 아시면 속상해하실 거라는 정도의 사려 깊은 나이는 아니었고 멀리까지 위험하게 자전거를 타고 가서 놀다 온 걸 혼나게 될까 더 두려웠던 어린아이일 뿐이었다. 그때 나는 이다음에 어른이 되면 커다란 자전거포- 그땐 자전거 대여점이라는 단어를 사용하지 않았다- 주인이 되어서 동네 아이들에게 자전거를 빌려주되 조금 늦게 돌아온다고 해도 절대로 소

좋은 어른이 될 결심

리 지르며 야단치지 않을 것이라는 마음을 매일 먹고 또 먹었다. 매일 먹은 그 마음에 배가 부를 정도였다.

서울로 이사를 와서 처음 살게 된 동네는, 서울이라고는 해서 전에 살던 대구보다 엄청 세련되거나 멋스럽지는 않다고 생각했었는데 아이들이 너 시골서 전학 왔다며? 라고, 말하는 게 참말로 어이가 없었다.

'여기나 거기나. 그리고 대구 직할시거든.' 지금의 광역시를 그땐 그렇게 불렀는데 단 한 번도 빠지지 않고 친구들의 말에 속으로 꼬박꼬박 그렇게 대꾸했던 기억이 난다. 하지만 이제 와 생각해 보면 그때도 담장 높은 집 아이들은 피아노를 치는가 하면 친구들을 불러 놓고 생일 파티도 하고, 더러 아버지나 삼촌, 큰아버지들이 사다 주신 미제 필통이며 일제 샤프 같은 걸 학교에 들고 와서 자랑하곤 했다. 그건 대구에서는 본 적이 없는 교실 풍경이었다.

그리고 사실 우리 동네는 정말 좋은 집들도 많고 대구에 비해 매우 도시다웠건만, 시골 아이 취급받는 것이 싫어서 동네의 화려함은 눈에 들어오지 않았던 어린 날이었다.

동네에 새로 생긴 양옥집들은 넓은 마당과 옥상을 보유하고 있는 지금의 단독주택 형태였고 그 집의 아래채에 세 들어 사는 아이들과 주인집 아이들로 나뉘어졌다. 물론 나는 아래채에 세 들어 살던 세입자의 딸이었다.

동생은 날마다 온 동네 아이들이 타고 놀았던 스카이 콩콩 앞에서 그걸 타고 싶어 목을 길게 빼고 쳐다보았다. 처음 그 골목에 두세 명만 가지고 있던 희귀 아이템이던 것이 한 명 두 명 매일매일 늘어나더니 이제는 없는 아이보다 가지고 있는 아이가 더 많아졌다. 다행히 대구에 있는 언니가 내달이면 자기가 모은 용돈으로 스카이 콩콩을 사줄 수 있을 것 같다며 동생을 잘 달래서 조금만 더 기다리라고 편지를 보내왔으니 이제 며칠만 참으면 될 일이었다. 설렘으로 하루하루 신이 났다. 하지만 동생은 간신히 달래놓으면 알았다고 하고 또다시 "나도 스카이 콩콩 타고 싶다. 스카이 콩콩, 스카이 콩콩."을 날마다 노래해서 정신이 송신할 지경이었다.

나는 결국 동생 또래로 보이는 한 아이에게 다가가 조심스럽게 부탁했다.

"애, 내 동생 그거 한 번만 타게 해 주면 안 될까?" 그랬더니 이때까지 대체 왜 망설인 건가 싶을 만큼 너무나 흔쾌히, 자기가 한 번만 더 타고나서 동생을 타보게 해 줄 테니 잠시만 기다리라고 하는 게 아닌가? 서울 아이들은 깍쟁이라더니 다 그런 건 아니구나 싶은 마음이 겨울날 아랫목에 깔린 이불처럼 포근해졌다. 그런데 시간이 지나도 빌려줄 생각은 없어 보이고 저 혼자 하늘 높이 신이 났다. 차라리 빌려준단 말을 하지 말던가. 저는 계속 신이 나고 내 동생은 하염없이 곁에서 꼼짝 못 하고 기다리게 하는 것이 마침내 내 성질을 건드리고야 말았다.

"타게 해 주겠다고 했으면 약속을 지켜야지. 네가 타게 해 주겠대서 내 동생 기다리잖아. 그러지 말고 잠깐만 타게 해줘." 라고 저보다 상급생인 내가 다시 부탁하자 아까의 흔쾌함은 대체 어디로 사라지고 마지못해 타라고 내밀어 주는 모양이 같잖았다. 그러나 동생은 아랑곳하지 않고 드디어 입이 찢어지도록 신이 나서 스카이 콩콩을 타기 시작했다. 신기하게 참 잘도 탔다. 어쩜 첨 타는 건데 넘어지지도 않고 그렇게나 잘 타는지 여간 신통방통한 게 아니었다. 동생이 균형 있게 잘 타는 모습을 한참 대견하게 바라보고 있는데 느닷없이 그 아이가 동생에게 다가가더니 타고 있던 스카이 콩콩을 홱 가로채는 바람에 동생이 스카이 콩콩에서 떨어져 버렸다. 벌러덩 뒤로 자빠져 바닥에 엉덩방아와 머리를 동시에 찧고 큰소리로 울고불고 난리가 났다. 나 역시 어찌나 당황스럽고 놀랐는지 모른다. 겉으론 침착하게 넘어진 동생부터 살폈지만, 동생을 살피는 그 잠깐 사이 분노가 급속도로 예열되어서 나는 빛의 속도로 그 아이에게 돌진했다.

"이게 어디…" 분노로 끓어오른 마음을 담아 꿀밤을 한 대 때렸다.

"그러면 빌려주지를 말든가. 타고 있는데 그렇게 하면 되겠냐?"

울음을 터트린 아이를 뒤로하고 동생의 손을 잡고 집으로 돌아왔다. 정작 세게 때리거나 많이 때리지도 못하고 겨우 딱 한 대 때렸을 뿐인데 맞은 아이는 동네가 떠나가라 울고 있었고 그러거나 말거나 울 줄 알고 때린 건데 뭘. 저도 울어봐야 해. 얼마나 위험했어? 내 동생 머리라도 다쳤으면 어쩔 뻔했냐고 생각하면서 그때까지 울음이 그치지 않은 동생의 손을 잡고 집으로 돌아오는데 생뚱맞게 나도 눈물이 났다. 왜 눈물이 났는지 그때는 잘 몰랐다.

"언니가 며칠 기다리면 스카이 콩콩 사준다고 했잖아. 그러니까 조금만 참아 알겠어?"

"힝힝 알았어. 그런데 나 진짜 조금밖에 못 탔어."

그렇게 집으로 돌아와서 황급히 숙제를 시작했다. 엄마가 우리를 두고 일하러 다니신 건 우리 일생에 그때가 처음이었다. 대구에 살 때 엄마는 전업주부여서 학교에서 돌아오면 늘 우리 곁에 계셨다. 우리에게 처음이었던 엄마가 없는 시간은 무척 낯설고 외로운 시간이었다. 엄마에게도, 언니에게도 그랬을 그 시간이 충분히 이해되는 외로운 날들이었다. 물론 아버지도 그러셨겠지만.

그런데 죽을 때까지 억울해서 잊을 수 없는 일이 곧 벌어지고 말았다. 집으로 돌아와서 정신없이 숙제하고 있는데 밖에서 문 두드리는 소리가 들렸다. 동생의 이름을 부르는 남자 어른의 목소리였다.

좋은 어른이 될 결심

'어, 누구지?'

밖으로 나가 대문을 열었더니 아까 나에게 머리를 맞은, 아니 동생에게 스카이 콩콩을 빌려주고 상해를 입혔다고 표현하는 것이 맞는 그 아이가 제 아빠의 손을 잡고 문 앞에 의기양양하게 서 있었다.

"네가 우리 영숙이를 때린 거냐?"

"제가 때린 건 맞는데요. 얘가 먼저 제 동생을 다치게 했어요."

영숙인지 뭔지 그 아이의 아빠와 몇 마디 하지도 않았는데 동생은 벌써부터 겁을 먹고 울기 시작했다.

나도 겁은 났다.

"그래. 그래서 우리 영숙이가 네 동생을 때렸냐? 우리 영숙이 스카이 콩콩을 빌려 가서 계속 안 돌려주면 안 되지."

"아녜요. 아저씨, 그게 아니고요. 영숙이가 잠깐 빌려주고 내 동생이 진짜 얼마 타지도 않았는데 그냥 밀어서 떨어뜨린 거라고요. 진짜 얼마 안 탔어요. 안 주긴 뭘 안 줘요?"

"어디서 조그만 게 어른한테 또박또박 말대꾸해? 너 아주 버르장머리가 없구나?"

버르장머리라니 이거 왜 이러십니까.

내 아버지께서는 어른들 앞에서 양반다리도 못 하게 하십니다.

어른들께 존대하지 않으면 즉시 체벌을 받았고 항상 무릎을 꿇고 앉아야 했으며, 어른들 말씀하시는 중간에 끼어들지 않아야 하고, 말씀을 마치시면 인중 아래를 쳐다보며 공손히 대답해야 힘을 내 어릴 적부터 귀에 인이 박히도록 듣고 자랐거늘 버르장머리라니요.

참으로 어이가 없었다.

천둥처럼 쿵쾅대는 심장 소리가 내 귀에도 들려왔지만, 용기를 내어 다시 또박또박하게 말했다.

"아저씨가 분명히 먼저 물어보셔서 대답한 거고요. 제가 때린 건 얘가 먼저 내 동생을 넘어지게 해서거든요. 아저씨는 동생을 밀어서 다치게 하면 참아요?"

어려서부터 내 인생의 한 줄은 역지사지(易地思之)였나 하는 생각이 든다. 하지만 슬픈 현실은, 안 하느니만 못한 아저씨와의 설전에서 나이에 밀리고 세월에 밀려서 결국 지고 말았다는 것이다.

아저씨는 더는 말할 수 없게 화를 냈을 뿐만 아니라 심지어 꿀밤도 몇 대 맞았던 거 같은 기억은 너무 억울해서 진짜인지, 만들어 낸 건지도 모를 판이다. 그때 자전거포 아저씨와 스카이 콩콩 영숙이 아버지한테 꿀밤만 안 맞았어도 내가 대한민국의 어떤 분야에서 영향력 있는 사람이 되었을 거란 가설에 힘을 실어주는 사건이었다. 내가 말이야, 이 나라를 위해 뭔 일을 내도 냈을 건데 라는 핑계가 생긴 셈이다.

좋은 어른이 될 결심

그때나 지금이나 너무 어른답지 않았다고 생각되는 영숙이 아버지는 자기 양껏 있는 성질을 다 부려놓고 문을 쾅 닫고 가버렸다. 첨엔 눈물이 안 났다. 어찌나 억울한지 눈물도 안 흘리고 앉아 있는데 무서워서 벌벌 떨며 울고 있던 동생이 물었다.

"언니, 배 안 고프나?"

하긴 많이 울었으니 배도 고프겠지. 울어서 꼬질꼬질해진 동생을 바라보다가 결국 함께 터져버린 그 울음이 대체 언제 그쳤는지, 얼마 동안이나 울었는지.

언니는 전학이 되지 않던 9개월 사이 방학이 되어 집에 왔다 갔다. 9개월은 어찌 그리 길었을까? 방학 때는 언니가 집으로 와있다 갔으니 생각해 보면 정작 이모 집에 있었던 날은 그리 길지도 않았는데 왜 우리는 언니가 없는 너무 긴 시간을 보낸 것만 같은지 모르겠다. 방학이 되어 둘이었던 자매가 느닷없이 셋으로 변신하니 동네에 언니가 나타난 순간 우리는 무적파워가 되었다. 지금은 우리 중에 키도 제일 작고 체구도 작아 귀엽고 소녀 같지만, 그때까지는 우리보다 키도 크고 학년이 높아서 골목에서 우리 자매의 힘은 누가 감히 얕볼 수 없는 최강 시스터가 되었다. 우리 셋이 뭉치면 혼자 있을 때의 열 배가 아니라 백배의 힘이 생기는 것을 경험할 수 있는데 이런 게 바로 시너지효과가 아니겠는가.

사실 좋은 어른이 되겠다는 결심은 막연했다. 그냥 어릴 적에 겪었던 서러움과 부당함이 조합되어 나중에 아이들 말에 귀 기울여 주며 부당한 꼰대는 되지 말아야지. 아이들에게 친절할 것이며, 권위를 앞세워 어른입네 하고 강압적인 분위기를 조성해서 위화감을 주지 말아야지 하는 정도였는데 살면서 내 결심은 확실하게 정리가 됐다. 좋은 어른이 좋은 청년을 낳고 그들의 바른 스승이 된다는 것을 경험으로 알았기 때문이다. 잘못된 어른으로 인해 상처받는 많은 청춘을 이해했다.

이제 수납장 속에서 착착 정리된 결심은 평생의 실천 과제가 되어 참 어른의 길로 나를 이끌어 가고 있다. 어려서부터 아무리 밀려도 숙제는 꼭 해야 하는 사람이라 이 숙제 또한 멋지게 해내고 싶으니까.

단순히 친절하고 다정한 어른이 아닌 다음 세대에게 모범을 보이는 것이 진짜 어른이라는 것을 50여 년의 인생을 통해 배우고 익혔다.

사회에 대한 책임. 다음 세대를 위한 책임. 그것이 결국은 나라의 미래와 자녀와 우리의 미래이기 때문이다. 어른이 어른의 책임을 다한다면 다음 세대는 자라서 또 좋은 어른이 될 것임을 믿고 실행해야 한다. 배려, 양보, 경청, 사랑, 관계의 질서 안에서 좋은 어른이 되기로 나는 어려서부터 결심했기 때문이다.

나부터의 원리는 좋은 어른이 되는 길의 절대 공식이다.

좋은 어른이 될 결심

평소 소행

고등학교에 다닐 때 우리 집은 학교와 걸어서 10분 거리에 있었고, 집 앞 육교를 제외하면 사실상 5분 거리에 있었으니 굳이 지각을 위한 독한 결심이 있지 않고서야 예나 지금이나 새벽형 인간인 나에게 변수란 생기기 어려운 것이었다. 지금은 어떤지 모르겠지만 그때는 선도부 아이들과 학생주임 선생님이 교문 앞에서 등교지도를 했었는데 등교지도라는 것이 고등학생씩이나 된 아이들에게 대단한 질서와 규율을 가르친다기보다 지각하는 아이들을 좀 줄여보고자 하는 소소한 교육방침이 아니었나 생각한다.

지각의 기준점에는 주로 단골이 정해져 있어서 단골 아이들은 굳이 학생주임 선생님의 담임반이 아니어도 길지 않은 시일 내에 학생주임 선생님과 얼굴을 익히고 친분을 쌓는 건 그리 어렵지 않은 일이었다. 또한 맡은 바 책임을 다하기 위해 이른 아침부터 교문 앞에 서 있는 선도부 아이들은 지각생들에게 괜한 미움의 대상이 되어서 처음엔 서로 눈도 마주치지 못할 만큼 미워하는 천적이었다가 자주 보는 정이 생기면서 끓어오르는 마음을 주체하지 못한 것인지 마침내 아삼육이 되기도 했다.

학창 시절의 친한 친구란 굳이 볼일이 없어도 화장실에 같이 가는 건 기본이고 매점 동행 필수, 미운 친구는 같이 미워해 주고 좋아하는 선생님을 같이 좋아해 주는 것이 진짜 우정의 기본이라고 생각하는 친구가 아니겠는가. 왜냐면 그것이 바로 공감 소통의 시발점이기 때문이다.

그런 깊은 우정의 내 친구 은하는 단골 지각생이었다. 은하가 어찌나 지각을 자주 하는지, 교무실에 불려 가서 혼나는 건 기본이고 반성문도 거의 매일 쓰고 또 쓰니 저가 지각한 것은 잘못이 아니고 학생주임 선생님과 반성문을 관리하던 선도부의 영애만을 철천지원수로 여기고 미워했다. 영애를 같이 미워하고 욕해주지 않아서 자주 서운하고 토라지곤 했었는데 나는 또 같은 반은 아니었지만, 영애와도 제법 친하게 지내는 중이었고, 선도부라는 책임의 특성상 그렇게 할 수밖에 없는 것을 알면서 은하의 편이 돼주기 위해

　　　　　　　　좋은 어른이 될 결심

영애의 책임감을 잘못으로 만들 수는 없었다.

그러던 어느 날 영애가 지각을 했다. 지각생들의 천적 선도부 영애가!

학생주임 선생님이 지각의 사유를 묻자 다른 핑계 없이 너무나 담백하게 늦잠을 잤다고 말했다. 그랬더니 선생님께서 "영애는 반으로 들어가도 좋다." 라고 하셨는데 선생님의 말씀 중에 엥, 뭣이라 고라? 지각한 아이들 틈에서 웅성대는 소리가 들려왔다. 영애만 편애하는 것 같은 선생님의 처사에 반감이 생긴 은하가 용감하게 손을 들고 질문했다.

"선생님, 영애는 왜 봐주시는 거예요? 저도 늦잠 잤는데요."

정말 지각의 사유로 늦잠을 말하지 않은 것이 자신이 써야 할 반성문의 이유가 된다고 생각한 걸까? 선생님은 은하를 어처구니없다는 듯 쳐다보시며

"늦잠 잔 게 자랑이냐 이 자식아. 그래 잘했다. 맨날 늦잠 자서 지각하느라 고생하셨네. 왜 억울하냐? 영애는 그간 한 번도 지각하지 않았잖아. 그랬기에 오늘 한 번의 지각은 실수라고 본다. 그래서 봐 줬다 왜? 너희는 날마다 늦잠 아니냐 이 녀석들아."

선생님의 처신은 당당했고 그 이유에 다소 억울함이 있는 친구들은 있었지만, 자기들의 지각에 단 한 번 늦잠이라는 전제를 붙이지 못해서 말없이 반성문을 쓰고 돌아와야 했다.

반으로 돌아온 은하와 지각한 친구들이 영애 이야기를 들려주면서 나에게 엉뚱한 부탁을 해왔다.

"홍 반장아, 너도 내일 한번 지각해 봐라. 너도 이때까지 지각으로 걸린 적 없잖아. 그러니까 한번 지각해 보란 말이다 응? 선생님이 너도 봐주시나 보자. 영애가 첨이라서 봐주신 거 아니라니까. 선생님은 영애만 이뻐하신단 말이다."

처음엔 은하 혼자만 떼를 쓰고 부탁하더니 군중심리가 작용한 건가. 지각한 아이들 모두 내 턱 밑에다 얼굴을 갖다 대고 선생님의 부당함을 증명하기 위해 나를 시험대에 올려보고 싶어 했다. 어찌나 어린아이처럼 떼를 쓰는지.

오냐. 한다. 할게. 내일 지각해 주마.

나는 평생 기상 시간 6시를 넘겨본 적이 없으며 알람을 맞추지 않아도 원하는 시간에 깰 수 있는 기상에 특화된 사람이다.

학창 시절 내내 엄마가 깨워서 일어나는 법 없이 스스로 일어났으며, 이 나이가 되도록 어떤 일, 어떤 약속에도 거의 지각은 없다. 더욱이 그 지각의 이유가 늦잠이라는 것은 상상할 수 없는 일생일대의 사건이 될 것이었다.

그런 내가 새벽 5시경에 눈을 떠서부터 날이 훤하게 밝아 걸음을 재촉해서 등교하는 친구들의 바쁜 아침을 하릴없이 바라보다가 학

좋은 어른이 될 결심

교에 가야 한다니.

하지만 시험대에 오르기로 친구들과 흔쾌히 약속했기 때문에 느릿느릿 학교에 갈 궁리를 해야 했다. 지금 생각해 보면 나에게는 좋을 것이 없는 미션이었다.

단 한 번의 실수이기에 영애처럼 혼이 나진 않는다고 해도, 만에 하나 선생님이 그래서 어쩌라고? 하신다면 선생님이 나를 영애만큼은 신뢰하지 않거나 좋아하시지 않는다는 결론이 아닌가.

굳이 선생님의 관심과 애정을 받고 싶은 것은 아니었지만 그렇다고 또 굳이 그것이 아니란 사실을 전교에 알리고 싶지는 않았다. 하지만 그보다 친구들의 애절한 부탁이 있었고 나는 오케이 했으니 좋을 필요가 있든 없든 그건 이미 중요한 사실이 아니었다.

드디어 미션 수행의 날, 일찍 일어난 아침이 나에겐 그토록 길 수가 없었다. 이불 속에 좀 더 누워 있다가 천천히 씻고 느긋하게 아침밥을 먹으면 될 것을, 평소처럼 이른 시간에 모든 등교 준비를 다 해놓고 기다리고 있으려니 그것부터가 고역이었다. 생활 습관을 변경하는 것은 고작 하루라고 해도 쉽지 않은 일이었다.

마루의 괘종시계가 8시 10분을 가리키고 있었다. 8시 20분을 넘기면 지각이다. 자 이제 슬슬 출발해 볼까?

경찰서를 지나 육교를 건너면 우리 학교와 나란히 붙어있는 이웃 여고가 보이고, 이백 미터쯤 더 가서 우리 학교가 보일 테니, 집에서 출발해 천천히 걸어간다면 비교적 정확한 지각 시간이 될 것 같았다. 시계는 없었지만 계산상 큰 오류는 없을 것이었다.

바다거북처럼 느릿느릿 걷고 있는 내 옆으로 뛰어가는 친구들이 보였다.

더러 왜 안 뛰냐고 물어보기도 했다. 너희들이 내 계획을 알아?

학교 정문이 보이고 이제 막 뛰어 들어간 친구들은 아슬아슬하게 입장하여 안도의 숨을 쉬고 있는데 나는 더욱 느긋하게 걸었다. 선도부 영애는 이제부터 입장하는 아이들의 이름을 적기 위해 수첩을 펼치고 있었다.

은하는 지각 안 하고 들어갔나? 선생님의 편애를 증명하기 위한 우리의 역사적 현장에 기획자가 없어서야 말이 되나. 담장 너머로 은하의 얼굴이 있는지 확인하려고 목을 길게 빼고 찾아보았다. 다리는 절대 움직이지 않으면서.

그 순간 담장 너머의 학생주임 선생님과 눈이 딱 마주치고 말았다.

"야, 홍 반장 너 왜 안 뛰냐? 얼른 안 뛰어?"

'선생님 안 된단 말입니다. 저 꼭 지각해야 한단 말입니다. 얼른 문을 닫아주시지요. 저를 지각으로 잡아서 꿇어앉히십시오.' 중얼 중얼 독백하면서 교문으로 들어섰다.

"선생님, 저 지각인데요."

　　　　　　　　　좋은 어른이 될 결심

학교 중앙현관의 시계는 8시 23분을 가리키고 있었다.

"선생님, 저 지각이라고요."

"이 녀석이 미쳤나, 얼른 들어가. 지각은 무슨 지각이야?"

"지각이라고요. 지각이라니까요."

내 미션을 알 리 없는 학생주임 선생님은 그토록 신경질적으로 말씀을 드려도 얘가 오늘 도대체 왜 이러냐며 내 얘기를 들어주시지 않으셨다. 영애가 얼른 들어가라는 눈짓을 했다. 아니 내가 지각이라는데, 시계가 이제 8시 25분을 지나가고 있는데 왜, 왜 지각이 아니라는 것이냐?

"홍반장, 너 왜 그래? 지각하고 싶어서 용쓰냐?"

"아니요. 그건 아니지만…. 지각이 정확히 맞는 거 같아서요."

"아 그러셔? 아주 정확한 척하시네. 시끄러워. 얼른 들어가."

"네."

멀리서 헐레벌떡, 미션의 기획자 은하가 뛰어오고 있는 것이 보였다. 미안하다 친구야, 독립운동도 손발이 맞아야 해 먹는단다.

아무 짝에도 쓸모없는 부지런함이라고, 쓸데없이 지나친 새벽형 인간이라고 은하로부터 핀잔만 가득했던 미션 불발의 아침이 그렇게 지나갔다.

우리가 열심히 해도 인정을 못 받는 경우는 종종 있다. 세상이 그렇게 억울한 일 하나 없이 날마다 넘치는 운으로 매끈하고 원활하게 돌아가지 않는다는 걸 경험을 통해 다 알고 있지 않은가.

그렇다고 해서 아무렇게나 덜 열심히 사는 것도 아무나 하는 게 아니다. 물론 일정 부분 노력으로 되기는 하겠지만 사람의 타고난 기질을 어찌 바꾸겠는가.

복잡한 세상, 잘 안되는 미션에 도전하지 말고 일단 성실하게 살아놓고 볼 일이다.

우리 인생의 결정적 순간에 써먹을 수 있는 PENALTY 카드를 확보해 두는 일은 하루 이틀 만에 되는 것이 아니기에 우선은 열심히 살고 볼 일이다.

좋은 어른이 될 결심

제2장
꿈의 퍼즐

유쾌하고 기분 좋은 꿈

어떤 이가 꿈이 뭐냐고, 아직도 꿈이 있냐고 물어왔다.

50대 중반을 지나고 있는 나에게 꿈이란 어떤 것을 말하는 것일까?

아이들에게 꿈이 뭐냐고 물어보면 직업으로 대답하는 건 왜 그런 걸까? 어려서부터 장래 희망이나 꿈을 물어보면 아이들은 대통령, 축구선수, 의사, 변호사, 연예인 같은 직업으로 대답한다. 어떤 사람이 되고 싶냐는 질문에 항상 감사하며 사는 사람이라든가 유쾌하고 기분 좋은 사람이라든가 또는 힘들 때 위로 해주는 사람이라 말하지 않고 사회적으로 부와 명성을 얻게 되는 직업을 생각해 내어 대답한다.

아이들의 대답은 교육 때문일까, 질문 때문일까? 어떤 사람이 되고 싶은지 묻지 않고 뭐가 될 거냐고 물어서가 아닐까? 뭐가 될 거냐고 자꾸 물어보니까 반드시 뭐가 되어야 할 것 같고, 당장 결정해서 그 직업을 향해 달려가야 할 것 같은 성공 예약 시스템 같은 질문 때문이라는 생각을 해본다.

중학생이 되기 전 내 꿈은 의사였다. 물론 직업이다. 늘 그렇게 대답하며 자랐으니 아마도 질문에 의해 그렇게 교육된 것이 아닌가 싶다.

내 꿈의 결정에 타인의 질문이 개입되고 있던 중학교 1학년 어느 날, 그날을 역사적인 날로 기억하는 건 국어 선생님의 질문이 내 생각을 통째로 바꿔 놓았기 때문이다. 선생님께서는 커서 뭐가 되고 싶냐고 묻지 않으시고 어떤 사람이 되고 싶냐고 물어보셨는데, 그때 국어에 너무 심취해 있었나? 아니면 문해력의 여왕이 되려고 그랬나? 그동안의 질문과 달랐던 선생님의 질문을 문장 그대로 해석하니 평소와 같은 대답을 내놓을 수가 없었다. 나는 의사라 대답하지 않고 유쾌하고 기분 좋은 사람이 되고 싶다고 말했는데 왜 그렇게 대답했는지까지는 기억이 없고 그저 사람들이 나를 만나서 기분이 좋았으면 좋겠고, 나는 늘 유쾌한 사람이 되고 싶다고 생각했다.

질문의 방식이 달라서였는지, 사춘기의 화가 많아 그걸 좀 다스려 보고 싶어서였는지 모르겠지만 내 대답은 분명 그때까지의 대답과는 달랐다.

그런데 호기롭던 대답과 달리 살다 보니 그게 그리 쉬운 일이 아니란 걸 알게 되었다. 누굴 만나든 항상 유쾌하고 기분 좋은 사람이 되기란 여간 어려운 것이 아니었다. 살면서 어떤 사람은 두 번 다시 안 만나고 싶거나 또는 한 번의 만남에도 지치는 경우를 종종 경험했기 때문이다. 하지만 어쨌거나 그때 유쾌하고 기분 좋은 사람이 되고 싶다는 내 대답을 놓치지 않으시고 선생님이 "어떻게 하면 유쾌한 사람이 될 수 있어? 기분 좋은 사람이 되는 비결을 너는 알고 있니?" 하고 다시 물어보시는 바람에 한참 동안 선생님과 어떤 이야기를 나누었다. 물론 대화의 내용이 다 기억나진 않지만, 그날 이후 줄곧 어떻게 하면 기분 좋은 사람으로 살아갈 수 있을지에 대한 고민은 계속되었다.

어려서 유쾌한 사람은 무조건 웃기고 재미있는 사람이라고 생각했다. 다행히 내 생각에 딱 맞게 친구들을 웃기고 즐겁게 하는 데에 나는 매우 소질이 있었다. 주로 연예인이나 선생님 흉내를 냈다. 소풍 가면 친구들 앞에서, 교내 행사에선 단상에 올라가 가수들의 모창을 하거나 춤을 추었고, 선생님들의 말투나 버릇도 흉내 냈다.

꿈의 퍼즐

오래 연습할 필요 없이 누구든 30분 정도만 마주 보고 있으면 그들의 특징이며 말할 때나 웃을 때의 버릇이 내 눈엔 그렇게도 잘 보였다. 나는 개그의 재능을 타고난 사람이었다. 오래 연습하지 않아도 되는 재능. 거기에 사람에 대한 관찰력과 집중력이 매우 뛰어나서 내가 흉내를 내면 친구들의 웃음이 그칠 줄 모르고 마구마구 터졌다. 자기들은 미처 눈치채지 못하고 있다가 내가 흉내를 내면 맞다. 그렇네. 진짜 똑같다. 라면서 공감의 손뼉을 치며 웃어댔다. 그런데 모사의 즐거움이 사춘기의 어쭙잖은 정의가 밀려오면서 난항을 겪기 시작했다. 모름지기 모사란 과하게 함으로써 웃음 포인트를 잡아야 하는 건데 그렇게 하지 않고 사람들을 웃기려니 만만치가 않았다. 재미를 위해 모사의 당사자를 기분 나쁘게 하면 안 된다는 어설픈 정의가 사춘기와 만났기 때문이었다. 그러자니 그 조절은 마치 줄타기와 같았는데 나는 아슬아슬 줄을 탔지만, 다행히 친구들은 눈치채지 못했다.

이제 재미있고 웃긴 아이로 학창 시절 내내 친구들 입에 오르내리다 모사의 대상이 된 선생님들 사이에서도 결국 크게 유명해지게 되었다. 그런데 내가 당신들의 흉내를 잘 낸다는 것을 아시자, 선생님들은 어떤 행동을 하실 때마다 연실 나를 의식하셨으니 내가 그분들의 자유를 침해하고 있는 것만 같았다. 사춘기의 정의에 맞지 않는 일이었다. 안되겠다는 생각은 선생님들의 모사가 아닌 나만의 특화된 개그가 필요하다는 생각으로 전환되어 훗날 나는 되지 못한, 진짜 개그우먼이 된 단짝 친구와 함께 끊임없이 개그를 짰다. 우리가 짠 개그에 우리가 웃겨서 숨이 넘어가는 날들이었다. 친구들 사이에서 우리는 재미있는 아이로, 또 웃긴 아이로 불리며 많은 팬을 갖게 되었다. 친구들은 지나다니다 나와 눈이 마주치기만 해도 웃었다. 친구들의 그런 반응이 싫지 않았다. 하지만 나의 줄타기는 가끔 오해를 불러왔고 더러 핀잔을 듣게 되는 날이 생겼다. 사춘기는 깊어지고 가치관이 확고해지면서 점점 뾰족한 사람이 되어 갔다. 꿈과 멀어지는 순간이었다. 사람들을 즐겁게 하고 유쾌한 사람이 되었다가도 뭔가 이치에 맞지 않거나 내가 생각하는 정의가 아니면 반드시 그것을 짚고 넘어가야 직성이 풀리는 예민을 떨었다. 유쾌한 사람에서 예민한 사람으로 변해가던 시점이었다. 그것이 불의에 맞서는 용기라고 생각하면서 정의로우면서도 기분 좋은 사람은 되지 못했다. 게다가 주변엔 왜 그렇게 화나는 일이 많았는지 지금 생각해 보면 참으로 희한한 일이 아닐 수 없다. 뭐가 그렇게 사사건건 화가 났는지. 그렇게 늘 화가 나 있던 나는 그야말로 사춘기가 중병 수준이었다.

참아내지 못하던 내 안의 화를 다스릴 도구가 간절히 필요했다. 그래서 화를 다스릴 용도로 책을 선택했다. 정말이지 밤을 새워가며 읽고 또 읽었다. 그만큼 화가 많은 사춘기였다 보다. 그러나 여유 있는 형편이 아니다 보니 문고판 책 한 권을 마음껏 사볼 수 없었지만, 다행히 나에게는 학교에서 빌려볼 수 있던 윤독 도서가 있었다. 학년별로 50권. 정해진 날짜에 맞춰 각반이 다섯 권씩 돌려보는 방식의 대여 책이었다. 한 반에 65명이 넘는 아이들이 보름에 다섯 권을 돌려보고 다음 반으로 넘겨주어야 했다. 65명에 다섯 권이라니 언제 차례가 올까 싶지만 그때나 지금이나 책을 읽는 아이들은 정해져 있어서 아무리 책이 온 교실을 돌아다닌다고 해도 별관심 없는 아이들 덕분에 첫 번째는 언제나 내 차지였다. 우리 학년에 배정되었던 책은 한국 현대문학이었는데 그때 내가 한국 현대문학의 정수를 맛보았다고 해도 과언이 아닐 것이다. 보름이 지나기 전에 다섯 권을 다 읽고 다음 책을 기다리는 시간은 한양 간 이도령을 기다리던 춘향이의 시간만큼이나 길고 더딘 것 같았다. 책이 넘어오지 않으면 앞 반으로 달려가 얼른 책을 넘기라고 채근했다. 밤을 꼴딱 새워가며 김동인과 김동리와 김유정을 연애했다. 그토록 김 작가들을 사랑하다 결국 김(金)가 남편과 결혼했는지 모르겠지만 어쨌든 김 작가들과의 연애는 칠흑 같은 밤을 뜬눈으로 지새우기 충분한 러브스토리였다. 메밀꽃밭을 지나 상록수 들판을 걸으며 겨드랑이에 날개가 있었으면 했던 밤엔 잎새에 이는 바람에도 괴로워하던 시인을 그리워했다.

사춘기에 치밀어 오르는 화를 다스리느라 그냥 책을 읽은 것인데 국어 선생님 눈에는 그렇게도 대견할 수가 없나 보았다. 선생님은 간혹 세로줄로 인쇄된 책을 한두 권씩 내 옆구리에 슬쩍 찔러 주셨는데 선생님이 주신 책은 다소 헌책이었지만 황순원과 박경리의 문학으로 나를 초대하는 완벽한 초대장이었다. 게다가 고전문학을 접할 때면 간혹 문학 해설집을 주실 때가 있었는데 그건 선생님 앞으로 지원되는, 학생들은 가질 수 없는 귀한 자료여서 마치 선생님처럼 문학을 다 이해할 수 있을 것 같은 배부른 날이 책과 함께 선물처럼 나에게로 쏟아졌다. 우리 학년으로 배정되었던 50권의 윤독 도서를 다 읽고 나서 다른 학년의 책도 기웃거리기 시작하자 도서 담당이셨던 선생님은 다른 학년의 책까지 전부 읽어 볼 수 있는 기회를 주셨다. 그런 선생님의 마음이 감사하면서도 혹시나 편애라는 표현으로 아이들 입에 오르내리게 될까 봐 두려웠다. 나의 이기심을 꺼내서 최대치로 사용하기 시작했다. '그래 어쩌면 그동안의 내 개그가 선생님의 정서에 딱 맞았던 거야. 그런 내 개그를 맛본 것에 대한 당연한 대가일 뿐이야. 다른 선생님들 흉내는 웃기게 내면서 국어 선생님은 격조 있게 표현해 줬잖아.' 선생님의 호의에 대한 부담감을 외면하고 싶은 삐딱하고 뾰족한 사춘기의 대단한 선심이었다. 내 개그가 무슨 엄청난 가치를 창조해 냈다고. 교만이 하늘을 찌르던 사춘기였다.

어쨌든 1년이 지나자 전교의 도서를 다 읽을 수 있게 되었다.

꿈의 퍼즐

책을 읽으면서 기록하는 것도 잊지 않았다. 줄거리를 기록하고 작가를 기록하고 내 생각을 기록하고 꿈과 환희를 기록했다. 나의 사춘기는 그렇게 문학과 함께 한강 위에 내려앉은 붉게 반짝이는 석양이 되기도 하고, 바람을 맞으며 출렁거리기는 물결이 되기도 했다.

유쾌한 학생이었던 홍반장의 팬이 되어주신 선생님. 제자의 유머를 좋아하고 꿈을 지지하셨던 선생님의 진심이었음은 사춘기가 떠나갈 때쯤에서야 비로소 제대로 알았고, 진심으로 감사하게 되었다.

또 선생님은 어느 날 "너는 글을 쓰는 사람이 되면 좋겠구나." 라고 말씀하셨는데 그때에도 작가가 되거라. 라고 하지 않으셨다. 생각해 보니 글은 꼭 작가가 아니어도 쓸 수 있으니까. 선생님은 내가 미래에 무엇을 하든, 어떤 직업을 가진 사람이 되든 계속 글을 쓰라고 말씀하셨다.

그래서 썼다. 언제나 무엇을 썼고, 모든 걸 썼다.

계절을 쓰고 하늘을 쓰고 바람을 썼다. 기쁨을 쓰고 슬픔을 쓰고 눈물을 썼다. 고양이를 쓰고 꽃을 쓰고 사람을 썼다. 그래서 나는 글을 쓰는 사람이 되었다. 순전히 선생님의 단순한 질문에서 시작되었다.

그렇게 쓰고 또 쓰고 계속 쓰면서 사람들의 마음을 만져주는 글,

힘들고 지칠 때 잠깐만이라도 다 잊고 단 한 번 가볍게 웃을 수 있는 그런 글을 쓰는 유쾌한 홍반장이 되고 싶었다. 책 한 권 사 볼 형편이 못 되었던 가난한 유년기와 청소년기를 보냈지만 씩씩하게 꿈을 키우며 늘 준비되어 있다면 언젠가는 꿈과 마주할 날이 이렇게, 이렇게 찾아온다. 기분 좋은 사람이 되고 싶었던 어린 날의 꿈이 유쾌함의 보자기에 싸여 찾아오는 것이다. 선생님의 진심을 잠시나마 왜곡하고 외면했던 지난날이, 교만의 무릎을 꿇는 오랜 시간을 거치면서 오늘도 나는 글을 쓴다.

꿈의 퍼즐

모든 타이밍

가만히 생각해 보니 살면서 겪는 수많은 감정 중에 내가 제일 못 참는 감정은 억울함이다. 그래서 그런지 비교적 자주 내가 일제 강점기에 태어나지 않은 걸 가슴 쓸어내리며 다행이라 여긴다. 나는 어쩌면 날마다 억울한 어떤 상황을 설명하다 일본 순사에게 잡혀가서 그보다 더한 억울함을 당했을 것만 같기 때문이다. 아니면 쉬지 않고 깐죽거리다 입이 찢겼을 수도 있을 것 같고 찰지게 욕을 하다가 찰지게 맞았을 것 같기도 하다. 그러니 얼마나 다행인지 모른다.

고등학교 때 한번은 이런 일이 있었다. 가정 시간이었는데 그날은 섬유별 세탁법에 대해 수업하던 날이었다. 하필 짝꿍이 교과서 안 가져온 걸 수업 종이 치고 나서 알았다. 다른 반에 빌리러 가기도 이미 늦어서 그냥 수업에 임했다.

수업이 시작되고 나서 몇 분 지나자, 선생님께서 자꾸만 내 자리 쪽을 쳐다보시니 곧 야단을 맞을 것만 같아 마음이 조마조마했다. 근데 앞자리의 두 친구마저 자꾸만 키득키득, 종알종알, 수군수군 하니 아, 그제야 선생님께서는 교과서의 문제가 아니라 수군대는 소리가 거슬리신다는 걸 알았다. 앞자리 친구의 옆구리를 쿡 쑤시면서 조용히 하라고, 너희 때문에 우리가 혼나게 생겼다고 적은 쪽지를 건넸다. 짝꿍과 내가 교과서 한 권을 같이 보느라 머리를 맞대고 있었기 때문에 오해받기 딱 좋은 구도라는 생각이 들어서였다.

아니나 다를까? 선생님의 노기가 슬슬 차오르는 것이 완전히 느껴질 때쯤 선생님은 칠판에 필기하시다 말고 느닷없이 홱 돌아서시며 짝꿍 희정이와 나에게 "너희 일어나!" 라고 하시는 게 아닌가. 억울했지만 자리에서 일어났다.

"너희 왜 계속 떠드냐?"

"저희 아닌데요. 아닙니다. 선생님."

"그러면 너희 아니고 누구냐?"

그 상황에, 앞에 앉은 친구를 가리키며 미현이랑 지숙이입니다. 라는 말은 나오지 않았다. 우리는 분명히 아니지만 그렇다고 그 친구들의 이름을 말할 수는 없었다.

"책은 누가 안 가지고 온 거냐?"

"저 아니고 앱니다." 라고, 말할 수 없는데 왜 희정이는 고개를 숙인 채 가만히 있는 것인가. 순간 머릿속에 그린 시나리오는 짝꿍 희정이가 책은 제가 안 가지고 왔습니다. 라고, 말해주는 것이었다. 속으로 간절히 그래 주기를 바랐지만 희정이는 말하지 않았고 심지어 더 오래도록 이 난감한 상황이 지속되었다간 아예 교실 바닥을 뚫고 들어갈 기세로 고개를 들지 않았다. 앞자리의 미현이와 지숙이도 자기들이 떠들었다고 자수하지 않았다. 환장할 노릇이었다. 선생님은 다시 한번 "네가 선생 해라. 뭐 그렇게 할 말이 많아서 수업 시작부터 계속 떠들어 떠들기를. 몇 번이나 눈치를 줬는데도 계속 키득거리고 말이야."

"제가 떠들지 않았습니다."

물어보셔서 사실대로 말씀드렸는데 선생님은 이미 나로 범인을 정해놓고 표적 수사하는 비겁한 형사처럼 믿을 생각이 전혀 없어 보였다.

내 태도가 마음에 안 드셨는지 아니면 이실직고를 안 하고 있다고 확신하셔서 화가 나셨는지는 모르겠지만 갑자기 교실에서 나가라고 말씀하시는 게 아닌가?

"홍 반장 너 나가. 그리고 앞으로 내 수업엔 들어오지 마라. 알겠나?"

이럴 수가. 참말로 억울한 것. 내가 뭐 전교를 아우르던 모범생은 아니었지만 그래도 학교의 크고 작은 행사 때마다 사회도 보고 성실한 학교생활을 했건만 왜 미운털이 박혔는지 알다가도 모를 일이었다. 그것도 나란히 서있는 희정이는 제외하고 말이다. 너무 억울해서 미현이 지숙이 희정이 셋 다 꼴도 보기 싫고 선생님을 향한 서운함은 그 자리에서 구구하게 변명하며 잘못 없는 용서를 빌기는 더욱 싫어서 한 치의 망설임 없이 대번에 교실을 나와 버렸다.

수업 시간에 홀로 복도를 걸어가는 일은 전에도 후에도 없었던 서러운 쫓겨남이었다. 복도에서 손 들고 벌서는 것조차 해본 적 없는 경험이건만 이토록 억울하게 값진 혼자만의 런웨이라니.

조용한 복도로 나와 매점 광장이 보이는 창문 앞 의자에 앉았다. 창밖으로 보이는 매점 앞에는 여전히 수많은 비둘기 떼가 목 춤을 춰가며 마치 그곳이 카탈루냐 광장인 듯 잘난 척과 도도함의 느릿한 걸음으로 연신 나를 흘낏거리며 뒤돌아보는 중이었다.

저것들을 확 그냥. 애꿎은 비둘기의 목덜미를 한 대 치고 싶은 마음을 꾹꾹 참았다. 하지만 비둘기를 향한 괜한 분노 위로 쏟아지던 가을 햇살은, 수업 시간에 쫓겨나지 않았다면 이토록 선명하게 기억이나 할까 싶은 아름다움이었다.

교정의 뒷마당은 깊은 산사가 부럽지 않은 고즈넉함과 마치 보석이 떨어지는 것 같은 영롱한 하늘빛을 뚝뚝 떨구고 있었으니, 미현이와 지숙이와 희정이가 더 이상 밉지 않았다. 또한 그 순간에는 표적 수사의 억울함도 다 잊어 버렸다.

종이 울리고 교실에 들어오니 희정이가 바닥에 처박았던 고개를 간신히 들고

"홍 반장아, 그게, 그게 말이야. 내가 계획적으로 시치미를 뗀 게 아니라 그 뭐냐 타이밍! 그래 그 타이밍이 안 맞은 거야. 있잖아, 왜 버스에서 어르신들께 자리를 양보해야 하나 말아야 하나 망설이다가 타이밍 놓치는 거. 그거 알지? 딱 그거였어. 미안해 미안하다 야. 너 나가고 나서 마음 불편해 미치는 줄 알았어."

"아예 교실 바닥 안으로 기어들어 가지 그랬냐? 넌 됐고. 야 이지숙 최미현 너넨 할 말 없냐? 조용히 하라고 쪽지까지 줬으면 입을 닫았어야지."

"우리는 진짜 나가라고 하실 줄은 몰랐어야. 분위기가 너무 무거우니까 우리가 떠들었어요. 할 용기가 안 나더라고. 미안하다 어쩌냐? 나가서 뭐 했냐?"

"비둘기 똥 싸는 거 봤다, 왜?"

그렇다. 친구들이 말하는 타이밍과 용기가 뭔지 너무 알 것 같았다. 친구들이 놓친 타이밍보다 내가 아니라고 하는데도 믿어주시지 않았던 선생님께 사실 더 서운하고 기분이 상했다.

어디서 불어오는 이 놀라운 자존감이라니. 내가 아니라는데 날 못 믿어? 뭐 이런 느낌이 아니었나 싶다.

지금 생각해 보면 선생님의 오해와 이해 사이에 학생을 향한 대단한 신뢰가 있는 건 소설이나 영화에서나 나오는 이야기였다. 그냥 시끄러우면 떠든 거고 책 안 가지고 왔으면 나가는 거였다. 떠든 게 누군지, 책을 안 가지고 온 건 또 누군지, 뭐 대단히 심도 있는 수사가 필요하겠으며 가정 선생님이 담임 선생님도 아닌데 내 자존감 따위가 뭐 그리 중요했겠는가? 여학교였으니 망정이지 그 시절 남학교에선 학생들의 뺨을 때리기 위해 시계를 푸는 선생님들도 비일비재했으니, 선생님을 향한 더 큰 어떤 기대도 할 수 없었다.

그즈음 마음에는 정의란 것이 제법 무르익고 있어서 정의롭지 않은 스승을 용납지 못하는 강직한 신념 비슷한 것이 분수처럼 솟구쳐 오를 때였다. 그런데 하필이면 일주일에 두 번 있는 가정 수업이 바로 다음 날이어서 앞으로 가정 수업에는 진짜 들어가지 말아야 하는 건지 깊은 고뇌가 백팔번뇌를 일으켰다.

다음날 가정 시간. 수업을 알리는 종이 치자 밖으로 나가려고 일어서니 지숙이와 미현이 그리고 희정이까지 놀란 토끼 눈을 하고는

"야, 너 진짜 나갈 거야?"라고 물어보았다.

"응. 나 들어오지 말라잖아. 내가 떡하니 앉아 있는데 선생님이 들어오셔서 홍 반장 너 내 수업에 왜 들어왔어? 이러시면 어쩌냐? 그러면 나 오늘 교실에 도시락 던져야 하냐? 내가 독립투사도 아니고 아무리 노력해 봐야 홍길동밖에 더 되겠어? 그래서 나간다."

하고 밖으로 당당하게 나갔다. 어쩌면 한 번 더 어제의 가을 햇살이 보고 싶었는지도 모르겠다.

복도 의자에서의 50분은 생각보다 길었다. 엉덩이도 좀 아프고 몸을 비틀어 창밖을 내다보고 있자니 담이 결릴 것 같아 계단을 내려와 웅덩이가 파인 뒤뜰로 나갔다.

복도에서 내려다보는 것만큼 교정의 뒤뜰은 낭만적이지 않았다. 매점 앞 벤치에 앉아 있자니 숲속에선 숲을 못 본다더니 과연 그러네. 창으로 내다볼 때가 더 좋았구나. 하는 생각으로 50분이 그토록 지루할 수가 없었다. 기다리는 50분은 내가 속해있던 50분보다 길다는 것을 알았다.

점심시간이 되자 교내 방송에서 아이들의 신청곡이 흘러나오고 중간중간 아나운서의 뭐라 뭐라 하는 소리는 하나도 들리지 않더니 느닷없이 음악이 멈추고 선명하게 교정에 울려 퍼지는 안내 멘트. "1학년 9반 홍반장 교무실로 오세요. 담임 선생님이 찾으십니다."

나는 중학교 3년간 썼던 학급일지를 고등학교에 와서도 계속 썼다. 서기라는 학급 임원 자리에 욕심이 나서 광고를 한 것도 아닌데 신기하게도 마치 정수리에 펜을 달고 태어난 아이처럼 6년 내내 서기였다. 내가 무슨 당대의 한석봉이라고 어디를 가나 뭘 써야 할 팔자인 건지 학교에서건 교회에서건 서기의 딜레마와 함께 자랐다. 서기는 종례가 끝나면 학급일지를 들고 교무실에 매일 들락거렸기 때문에 교무실은 나에게 그리 낯선 장소가 아니었다. 물론 선생님들도 저 녀석이 여기 왜 왔나 하며 나를 주목하지도 않았는데 그날은 다른 날과 사뭇 달랐다. 교무실에 들어서는 순간부터 선생님들이 나에게 한마디씩 던지시거나 웃으시거나 더러 흘겨보기도 하셨다. 담임 선생님의 자리가 제일 안쪽 자리여서 거기까지 걸어가는데 사회 선생님이 지나가시며 아는 체를 하셨다.

"홍반장 대단해. 원래 이렇게 대쪽 같았단 말이냐 건드리면 아주 부러지겠구나."

얼굴엔 분명 웃음을 띠고 계셨는데 날 야단치시는 건지 그냥 농담인지 알 수 없는 표정이었다.

"선생님 방송 듣고 왔는데요. 부르셨어요?"

"그래, 이 녀석아. 너 오늘 가정 수업에 안 들어갔다며? 이거 이거 이놈아. 홍 반장 너 갑자기 왜 그래 뒤늦게 사춘기냐?"

"가정 선생님이 앞으로 선생님 수업엔 들어오지 말라고 하셔서

꿈의 퍼즐

요."

"야, 이놈아, 선생님이 지난 시간에 그러셨다고 그걸 또 곧이곧대로 듣고 안 들어가는 건 뭐냐. 너 지금 선생님하고 해보자는 거냐?"

"아닙니다. 감히 제가 선생님하고 뭘 해볼 수 있겠습니까? 질문에 대답하면 말대꾸한다고 야단치시니 어디까지 대답하고 어디서 멈춰야 하는지 잘 모르겠습니다. 저는 그런 게 너무 어려워요. 선생님."

"교과서 안 가지고 온 거 너 아니지?"

"…."

"떠든 것도 너 아니고?"

"…."

"대답을 해 이 녀석아."

"제가 아니라고 말씀드렸어요. 근데 선생님이 제 얘기를 두 마디도 안 들어 주셨어요. 그렇다고 그 자리에서 저는 아니고 누구누구예요 하고 친구를 밀고할 수는 없잖아요. 고1씩이나 돼서 그게 더 웃긴 거 아닌가요. 나가라고 하신 것도 억울한데 그것도 모자라 다시는 가정 수업에 들어오지 말라고 하시니 그렇게 엄포를 놓으실 일인가 싶기도 하고 그랬습니다."

담임선생님은 아무 말 없이 뚫어지게 쳐다보시다가 뜬금없이

"홍 반장, 너는 나중에 아나운서가 되면 좋겠다." 라고 말씀하시는 게 아닌가.

뜬금없는 선생님의 말씀에 "네? 갑자기요?" 라고 대답했지만 지금 생각해 보면 아나운서가 되기엔 내 미모가 너무 남달라서 어차피 선생님의 소용없는 예측이었다.

그러고는 다시 엄청 목소리를 낮추고 몸을 기울이시면서

"가정 선생님도 네가 나가고 나서 아, 홍반장이 아닌가 보다 하셨단다. 근데 네가 오늘 가정 수업에 안 들어갔으니 선생님 마음이 어떠시겠냐? 그건 반항이지 이 녀석아. 엄마가 화나서 너 나가 그런다고 진짜 나가냐? 그걸 모를 리도 없고 그러니 네가 선생님이랑 한번 해보자는 거지 안 그러냐? 얼른 가서 사과드려."

가정 선생님 앞으로 다가가자, 교무실에 불려 온 걸 뻔히 아시면서 의자를 돌려 굳이 창밖을 바라보고 계신 선생님이 의자는 돌리지 않은 채 고개만 돌려 나를 쳐다보셨다.

"선생님, 죄송합니다."

"뭐가 죄송한지는 아냐?"

"네, 오늘 수업에 안 들어간 거요. 근데 어제는 안 죄송했어요. 억울합니다."

"아이고 그래 잘 나셨다."

그 후로도 선생님은 내게 다정하시지도 친절하시지도 않았지만,

주머니 만들기, 프랑스 자수, 식물 요람 등의 수업을 할 때 친구들 앞에서 내 과제를 들어 올리며 칭찬해 주셨다.

그렇다고 선생님이 옳았단 생각이 들지는 않았다. 수행 과제나 솜씨를 칭찬해 주신 건 선생님 스스로 만든 면죄부라고 생각했다. 당신의 실수를 인정하는 것보다 간혹 나를 칭찬해 주는 편이 더 쉽고 체면이 덜 구겨지는 일이기 때문에 그 방법을 선택하신 거라는 생각을 하면서 지냈다. 그런데 나이가 들면서 선생님의 마음을 완벽하게 이해했다. 나에게도 그런 일이 일어났기 때문이다.

어른이 되는 것과 성숙해지는 것이 별개임을 종종 느꼈다. 나이를 먹고 어른이 되었지만, 솔직하게 잘못을 시인할 수 있는 타이밍을 놓치기도 했다. 차라리 빨리 실수를 시인하면 오히려 간단한데 그 기회를 놓치고 오래도록 전전긍긍하며 무거운 마음의 짐을 내려놓기 위한 방법을 강구하는 구질구질함이 내게도 있었다.

우리는 살면서 매 순간 선택을 만난다. 그때 가장 지혜로운 방법은 타이밍을 놓치지 않는 것이다. 더 좋은 어떤 것이 아니라 더 좋은 때가 바로 모범답안이었다. 젊어서는 몰랐고, 나이가 들면서는 뻔히 알면서도 묘하게 타이밍을 비껴가는 고집 때문에 해답을 놓치곤 했다. 선생님도 그 타이밍을 놓치신 게 아닐까? 중년에 이른 내가 삶의 많은 순간에 느꼈던 인생의 지혜는 적당한 타이밍, 바로 그 순간이다.

가난한 청춘의 빈 잔

날이 흐렸다. 하늘은 회색빛이었다가 점점 잿빛으로 변하고 봄이 자꾸만 다가오고 있음에도 겨울은 물러날 기미를 보이지 않았다. 온 계절을 군림하려는 듯 어둠이 내리면 어김없이 도시는 바람으로 흐트러졌다. 나뭇가지 사이로 새순이 살며시 고개를 내밀고 있건만 호락호락 물러나 주지 않으려는 겨울의 고약한 심산이 아닌가 싶은 바람이었다. 바람은 여전히 깊고 차가웠다. 멀리서 천천히 비구름이 몰려오는, 겨울도 봄도 아닌 계절 그 어디쯤의 늦은 오후였다.

꿈의 퍼즐

친구를 만나기로 한 약속 장소에 조금 일찍 도착했다. 날이 잔뜩 흐려 하늘이 손에 닿을 것만 같기에 붉은 노을은 기대하지 않았다.

걸음을 재촉해서 종로서적 안, 가장 구석진 곳에 들어가 자리를 잡고 앉아 전날 못다 읽은 책을 꺼내 들었다. 지금 같으면 몇 쪽까지 읽었는지 열심히 외워도 금방 잊어버릴 텐데 그때는 마치 내 책장에 꽂힌 책을 찾는 것만큼이나 익숙하게 책을 꺼내 들어 전날까지 읽은 부분을 펼쳐서 아예 바닥에 가부좌를 하고 앉았다.

필요한 책을 다 사서 볼 수 없던 가난한 청춘은 지금처럼 대여가 손쉬운 시절도 아니어서 늘 거기에, 마치 등기부등본에 내 명의를 박아둔 것처럼 종로서적 구석진 자리에서 언제나 목마름을 채웠다. 약속 시간보다 항상 미리 가서.

친구와 만나기로 한 시간이 지나가고 있는데 친구는 아직 오지 않았고 나는 금오신화를 다 읽어 버렸다. 내 책이 아니니 고이고이 살살 넘겨 가며 읽고, 필요한 문장은 수첩에 옮겨 적었다. 자리에서 일어나니 엉덩이가 뻐근했다. 20대의 엉덩이도 딱딱한 바닥의 긴 시간 가부좌엔 이길 재간이 없었다. 발이 저려서 콧잔등에 살짝 침을 세 번 바르고 간신히 일어나서 꽁지뼈를 티 안 나게 가만가만 문지르고 있는데 서점 입구가 소란스러웠다.

'뭐지?' 나는 항상 사람들이 많은 곳에서 무슨 일이 생기면 마치 기자인 양 취재 열기 내뿜으며 망설임 없이 항상 제일 앞자리까지 사람들 사이를 비집고 나가는 경향이 있다. 그날도 웅성거리는 소리에 이끌려 맨 앞자리까지 나가고 말았다. 거기엔 나보다 두 어살 많아 보이는 청년이 경찰 두 명에게 양쪽으로 팔이 붙들린 채 걸어 나오고 있었다. 왜, 뭐 때문에? 너무 궁금했다.

30여 년 전엔 복잡한 대중교통이나 사람이 많은 장소에서 성추행 같은 비윤리적인 일은 비일비재했다. 그렇다고 문제를 제기해 여성의 치욕스러움과 억울함을 딱히 해결 받을 수 있는 때도 아니었던지라 제발 그런 문제는 아니길 바라며 보고 있는데 앞에 서 있던 사람들의 수군거리는 소리가 들려왔다.

"책을 훔쳤대요."

"아 진짜요? 아이고…. 근데 저 친구가 들고 있는 저 조그만 가방에 몇 권이나 들어가겠어요?"

"상습적으로 훔친 건가?"

CCTV도 없던 시절이니 누군가 목격자가 있는 범죄 현장이었을 것이다. 서점 직원이었거나 아니면 그곳에 있던 누군가 발고 했을 거로 짐작할 수 있었다.

마치 중범죄자를 현장에서 잡은 것처럼 양쪽에서 경찰관이 겨드랑이에 팔을 끼우고 걸어 나오는 장면이라니 흡사 마약사범 검거의 현장 같았다.

그런데 청년이 울고 있네? 눈물을 들키지 않으려고 고개를 떨구고 있었지만 나는 보았다. 그의 눈물을.

 아…. 어쩌면, 진짜 어쩌면 딱 한 권 꼭 필요한 책이 있었거나 너무 읽고 싶어서, 반드시 봐야 해서…. 그런데 정말 돈이 없는 것은 아닐까 하는 생각이 들었다. 그때는 그런 학생이 더러 있었다. 물론 그렇다고 해서 절도가 용서받을 범죄라는 건 아니지만 나도 모르게 뭘 어쩌려고 한 발 앞으로 나선 건지. 친구가 도착해서 내 이름을 부르는 동시의 순간이었다. "홍 반장아."

 "저기요, 이 오빠가 책을 훔쳤나요. 몇 권이요? 상습적으로 그랬나요?"

 "학생 비켜요. 저리 비키라고."

 경찰은 인상을 쓰며 귀찮다는 듯이 손을 휘저으며 비키라고 했다.

 누군가 뒤에서 제법 큰 소리로

 "한 권. 아주 조그만 책 하나 가방에 집어넣다가 걸렸어요. 가방에 아무것도 없고 책 한 권이랑 필통만 들어있었대요."

 수군수군 쑥덕쑥덕. 나는 어디서 또 그 용기가 생긴 걸까? 바짝 한 걸음을 더 내딛고는

 "한 번만 봐주시면 안 되나요. 이 오빠가 자주 훔친 건가요? 오늘이 처음이고 반성하고 있다면 한 번만 봐주세요. 그리고 책 한 권 훔쳤다고 중범죄자처럼 양쪽에서 팔을 우겨 싸고 이렇게…. 이럴

필요까지 있나요?"

내 말이 끝나자 경찰은 마치 화가 난 사람처럼

"학생, 이 친구랑 아는 사인가?"

"아뇨, 모릅니다."

"근데 왜 이래? 저리 비켜."

여기저기서 한 번 봐주면 안 되냐는 사람들의 말소리가 들려왔다.

그때 한 중년의 남자가 나서면서

"거 보기 좋지 않소. 이 학생 말대로 양쪽에서 팔짱을 끼고 중대 범죄자처럼 데리고 나갈 건 아닌 거 같소. 학생이 훔친 책이 뭐요? 이 봐 학생, 왜 그런 건가? 오늘 말고도 또 그런 적이 있나?"

신사와 내가 나서는 바람에 길이 막혔다. 구경하느라 몰려든 사람들 사이에 경찰과 팔짱이 끼워진 채 서 있던 그 청년은 더 이상 앞으로 나가지 못하고 멈춰 있었다.

"아뇨, 그런 적 없습니다. 오늘 제가 왜 그랬는지 모르겠습니다. 정말 잘못했습니다. 진짜 잘못했습니다."

나는 그때 왜 눈물이 났을까? 그는 책을 왜 훔쳤을까? 작고 얇은 책 한 권을 왜?

내가 쭈그리고 앉아서 읽던 것과 같은 작은 책 한 권. 손바닥만 한 탐심을 온몸으로 갈등하며 가방에 집어넣었을 청년의 그 순간 때문에 눈물이 났을까?

친구가 소매를 끌어당기는 바람에 무리 밖으로 나왔다.

밖에는 하루 종일 찡그리고 있던 하늘이 결국 비를 쏟아내고 있었다. 맞으면 아플 만큼 세차게 내렸다. 친구의 작은 우산을 함께 쓰고 횡단보도를 건너가면서 건너편 서점 입구를 자꾸만 뒤돌아보았다.

그 일은 어찌 되었을까? 그 거리를 완전히 벗어날 때까지 계속 뒤돌아보아도 경찰과 청년의 모습은 보이지 않았다.

가끔 흐린 날 창가에 앉아 책을 읽고 있으면 문득문득 30여 년 전 청년의 모습이 생각난다.

내가 나선 건 잘한 걸까, 왜 그랬을까? 그가 상습범이 아니라고 생각한 근거 없는 믿음은 어디에서 나온 걸까?

내가 자리를 떠나고 나서 혹시 중년의 남자가 책값을 지불하고 청년은 경찰서로 가지 않았을지도 모를 일이다. 나의 돌발 행동이 청년이나 경찰을 더 난처하게 한 것은 아닐까? 청년은 용서받았을까? 아니면 어떤 처벌을 받았을까? 내가 모르는 그 사건의 다른 문제가 있었을까?

지금 같으면 곳곳에 CCTV가 있으니, 사건은 좀 더 명확하게 밝혀졌을 것이고, 그랬다면 청년은 책 한 권을 훔쳐서 양팔이 잡혀 나오는 장발장은 되지 않았을지도 모른다.

또한 지금의 나라면 그렇게 앞뒤 재지 않고 나서는 용기는 엄두도 내지 못했을 것이다.

빈곤했던 내 청춘이 청년에게 이입된 것일 수 있겠다는 생각은 이따금 가슴을 저릿하게 만들었다. 꼭 필요한 책을 사지 못해 종로서적에 쭈그리고 앉아 다리에 쥐가 나도록 읽고 베껴야 했던 젊은 날에 나도 한두 번쯤 책을 훔치고 싶은 충동 속에 살았는지도 모른다.

나는 외롭고 가난한 청춘을 위로하는 사람이 되고 싶었다. 경제적으로 여유가 생긴다면 누구든 와서 자유롭게 책을 읽고 빌려 갈 수 있는 도서관을 만들고 싶었다. 구체적 계획은 없지만 막연한 소망을 가지고 살아왔다. 그 소망은 단 한 점도 휘발되지 않고 내 가슴에 선명하게 인장처럼 찍혀 있다. 지금은 여기저기 무료로 책을 빌려주는 도서관이나 눈치 보지 않고 자유롭게 책을 읽을 수 있는 북카페나 서점이 많아졌지만 나의 꿈은 그런 것과 상관없이 아직 유효하다. 부족한 이 손을 펼쳐서 시리고 추운 청춘들에게 작은 온기를 보태며 사는 일, 언젠가는 더 넓고 찬란한 온기로 가난한 청춘의 빈 잔을 채우리라.

죄의 맛

    어려서 우리 동네 문방구에 10원짜리 동전을 넣고 레버를 누르면 껌이 나오던 기계가 있었다. 엄마는 일을 나가실 때마다 조금의 용돈을 주고 나가셨는데 그건 내가 관리하며 배가 고프거나 동생이 숙제를 잘하거나 엄마가 늦게 오실 때면 군것질거리를 사서 동생과 나눠 먹는 용도로 쪼개서 사용했다.

    동생은 군것질 중에서 껌을 제일 좋아했다. 껌이 5개 들어있고 껌 사이에 길쭉한 껌과 같은 크기의 만화책이 들어있었던 만화 껌을 나는 제일 좋아했는데 동생은 다홍색의 피에로 그림이 그려져 있던 아이스크림 껌을 제일 좋아했다. 학교에서 돌아와 동생이 숙제를 빨리 끝내면 기특해서 엄마가 주신 용돈으로 껌을 사러 문방구로 뛰어갔는데 동생은 껌을 사러 갈 때면 투스텝으로 머리를 흔들며 앞뒤로 팔을 넓게 벌리고 귀엽게 달려갔다. 굉장히 신나는 모습이었다. 동생이 그렇게 좋아하는 모습을 보면 얼마든지 껌을 사주고 싶은 마음이었다. 그래서 내 어릴 적 작은 소망은 각종 껌을 파는 껌 가게의 주인이 되는 것이었다.

그런데 한 가지 문제가 있었다. 동생은 백 번이면 백번 다 껌을 씹다가 뱉지 않고 삼켜 버렸다. 아무리 그러면 안 된다고 주의를 줘도 뱉는 걸 본 적이 없었다.

"니 그래 씹던 껌을 자꾸 넘가뿌믄 허파에 다 붙는다 아이가. 단물이 다 빠지가꼬 맛없어지믄 뱉으라꼬 멧번을 말해야 되겠노?"

"언니야 그라믄 인자 내 죽나?"

"당장에 죽는 거는 아이지만 니도 상식적으로 함 생각을 해 바라. 그기 다 어데로 가겠노? 똥눌 때 나온다 캐도 니거치 마이 넘구믄 똥구녕이 안 막히겠나?"

"그라믄 우야노 벌써 너무 마이 넘가가 내 죽으까바 무섭다 언니야."

"죽는 기 그래 겁나믄서 껌을 와 자꾸 넘굿노? 꼭 뱉으라 안 캤나. 인자 안 뱉으면 안 사준데이."

동생은 알았다고 했지만, 그 후에도 절대 껌을 뱉지 않았다.

꿈의 퍼즐

진심으로 동생이 걱정됐다.

어느 날 학교에서 돌아오는 길에 문방구 평상에 내놓은 껌 기계에 10원짜리를 넣고 레버를 눌렀다. 껌 부분만 투명하게 되어있는 작은 창 사이로 들여다보니 동생이 좋아하는 피에로 그림의 아이스크림 껌은 적어도 다섯 번째 아래에 있는 것처럼 보였는데 나에게는 20원밖에 없으니 기회는 두 번뿐이었다. 누구라도 와서, 어떤 아이라도 와서 먼저 기계를 눌러 껌을 사 갔으면 했다.

조금 기다리니 한 아이가 와서 10원을 넣고 레버를 눌러 한 개를 가지고 갔다. 겨우 한 칸 내려오긴 했는데 아직도 서너 개가 더 내려와야만 목표인 아이스크림 껌을 손에 넣을 수 있었는데 그렇다고 계속 기다릴 수는 없었다. 그냥 나머지 10원을 넣고 레버를 눌렀는데 어라? 두 개가 나와 버리네? 이런, 왜 하필….

어린 욕망이 눈을 떴다. 기계를 손으로 툭 쳐서 레버를 누르니 또 나오고. 툭 치면 또 나오고 이것 봐라? 그래 딱 내 동생이 좋아하는 저 껌이 나올 때까지만 쳐보자. 그런데 웬걸. 기계는 욕망을 다 채우도록 껌을 뱉어내고 나는 욕망을 이기지 못했다. 동생은 죽으라고 안 뱉는 껌을 기계는 내 앞에다 계속 뱉어냈다. 껌은 총 13개나 되었다.

가슴이 두근거렸다. 문방구 앞 평상에 내놓은 기계여서 금방이라도 문방구 아저씨가 나와 곧 혼도 나고 껌도 다 빼앗길 것만 같았다. 집에서 기다리고 있을 동생의 얼굴이 떠올랐다.

아침에 학교에 갈 때 집으로 돌아가는 길에 껌을 사 가리라 약속했기 때문에 얼마나 열심히 숙제를 다 해놓았을까? 새까만 눈을 하고 날 기다릴 텐데…. 쿵쾅거리는 가슴을 누르며 13개의 껌을 들고 집으로 달려왔다. 동생은 껌을 보더니 좋아서 이리저리 펄쩍 뛰고 난리도 아니었다.

"언니야 우째 이리 많노? 엄마가 주고 간 돈으로 전부 다 껌을 샀나? 내 다 묵어도 되나?"

좋아하는 동생의 모습을 보면서도 전혀 기쁘지 않았다. 도둑질한 거나 다름없는 이 껌을 씹다가 다 삼켜 버려서 허파에 몽땅 붙어버리고, 그래서 동생이 죽으면 어떡하나 겁이 났다.

두려운 생각에 골몰하느라 한눈을 파는 사이 입이 터지도록 껌을 까서 한입에 다 넣어 버린 내 동생.

아, 이제 가지고 가서 자수 할 수도 없고, 동생이 그걸 다 삼킬까 봐 겁은 나고. 나의 어린 심장이 벌렁거렸다.

'하나님, 잘못했어예. 다시는 안 그라께예. 용서해 주이소. 내 동생 허파에 껌 한 개도 안 붙고 똥으로 다 나오게 해주이소.'

며칠 전, 동생과 만나서 저녁을 먹는데 자기가 어려서 껌을 자꾸 삼키니까 허파에 남는 공간이 하나 없이 다 붙는 순간 죽을 수도 있다고 내가 겁을 준 일이 생각난다고 했다.

그럼에도 자기는 사실 절대 껌을 뱉지 않고 다 삼켰었다고 고백했다. 나는 그 일이 잊히지 않아서 기도할 때마다 회개했다.

그건 어렸지만, 분명히 옳지 않은 욕망이었고 심장이 튀어나올 것처럼 겁이 나면서도 그 맛의 짜릿함을 알게 돼버린 사건이었다.

죄는 매우 달콤하다. 그러나 우리는 알고도 모르고도 짜릿한 그 맛에 스며든다. 그렇기에 그 달콤함이 내 안으로 밀려 들어와 주인 행세를 하기 전에 차단해야 한다. 나는 이겨낼 자신 있어. 라는 쓸데없는 호기는 개나 줘버려야 한다.

우리에게는 욕망을 이길 용기가 매일 필요하다.

기억의 모순

아버지와 함께 점심을 먹고 아들 친구가 새로 오픈한 카페에 축하해 주러 들렀다가 돌아오는데 하늘에서 마른천둥 번개가 몇 번 우르르 쾅쾅 우르르 쾅 하더니 차창 위로 고양이 발바닥 같은 빗방울을 떨어뜨리기 시작했다. 고양이 발바닥 하나, 둘, 셋. 그러더니 갑자기 세차게 퍼붓는다. 느닷없는 소나기가 오래된 그해 가을을 불러냈다.

J가 이제 이틀 후면 군에 입대하게 된 40여 년 전의 가을. 그토록 오래, 그토록 열심히 눈물 나게 자기를 좋아하던 홍 반장을 만나주

꿈의 퍼즐

고 가겠다는 선심으로 말하자면, 옛다 너 떡 하나 줄게. 라는 식의 측은지심이었는지는 모르겠지만 어쨌든 J의 입대를 이틀 앞두고 우리는 만나기로 약속했다. 종각 앞 토요일 두 시.

J는 남자 사람 친구와 남자 친구의 어떤 경계로 표현이 좀 어렵다. 그 친구를 내가 어마어마하게 좋아했던 건 사실이지만 그 친구가 날 좋아했는지 아닌지는 아직도 세계적인 미스터리로 남아있어서 60분 동안 뭔가를 추적해 주거나, 그것을 알고 싶어하는 TV프로에 제보하지 않는 이상 진실에 근접해 보기조차 어려운 미제사건이어서 그 친구를 표현하기 위해 정확하게 어떤 타이틀을 감히 임의로 가져와 쓸 수가 없다.

어쨌든 그 친구는 내가 18살이 되던 해부터 좋아하기 시작해서 남편을 만나 눈이 헤까닥 뒤집어져 연애를 시작할 때까지 내 마음 속 일인자의 자리에서 내려온 적이 없었다. 그랬기에 입대를 이틀 앞두고 나를 만나러 온다고 하니 이게 사랑이 아니고 무엇이랴? 라는 생각에 그간의 희망이 확신 쪽으로 무게가 더해졌다. 잠을 이루지 못하며 그야말로 유행가 가사처럼 까만 밤을 하얗게 지새우며 토요일이 되기만을 기다렸다.

수십 년 전 종각 앞은 누군가를 기다리고, 만나는 사람들로 항상 북적였다. 나는 버스가 지나가는 방향이면서 지하철역에서 나오면 가장 잘 보일 것 같은 위치에 서서 J를 기다렸다. 그때 순식간에 하늘이 완전히 검은색에 가까운 잿빛 구름을 삽시간에 몰고 오더니 고양이가 아니라 호랑이 발바닥 같은 비를 쏟아내기 시작했다. 정말 순식간이었다.

사람들은 바로 옆 만년필 매장이 있는 건물 밑으로 후다닥 달려가서 비를 피하느라 짧은 시간 종각 앞은 몹시 어수선해졌다. 맞기에는 너무 큰 비였다.

하지만 나는 움직이지 않았다. 정확히는 움직이지 못한 것이다. 우리의 약속 시간이 이미 30분이나 지나고 있었기 때문에 내가 기다리다 가버렸을 거로 생각한 J가 버스에서 내리지 않고 그냥 지나쳐서 가버릴까 봐, 아니면 역에서 올라오다가 이렇게나 열심히 기다리고 있는 나를 보지 못해 당연히 갔을 거로 생각하고 도로 내려가 버릴까 봐 한 발짝도 움직이지 못했다.

전날 밤 뉴스의 기상예보는 소나기 소식을 전해주지 않았다.

얼마나 시간이 흘렀을까. 조금만 더 비를 맞다간 감기는 둘째치고 비에 젖어 달라붙은 옷이며 신발이 물에 빠진 생쥐 꼴이 될 텐데 처음부터 비를 맞지 말고 어디로 뛰어 들어갈 걸 그랬다고 후회했지만 이미 늦어 버렸다. 더 이상 기다리지 않고 돌아서기에도, 비를 피해 어디로 몸을 옮기기에도 다 늦어버렸는데 멀리서 한 청년이 다가오더니 조금 찢어지긴 했지만 쓰라고 하면서 파란색 일회용 우산을 내밀었다. 고맙다며, 고맙다며 이미 비에 젖어 물이 뚝뚝

꿈의 퍼즐

떨어지는 머리를 숙여 인사를 하는데 눈물이 났다. 내 사랑이 비에 젖어 구겨지고 있는 순간을 또래의 청년에게 들킨 것 같아 다친 자존심을 가리려고 파란색 세상 안으로 자꾸만 몸을 말아 넣었다. 찢어진 파란 세상은 비웃음 같은 빗물만 뚝뚝 흘릴 뿐 아무런 위로도 건네지 않았다.

며칠 전 군 복무 중 휴가 나온 또 다른 친구를 같은 장소에서 만나기로 했을 때, 딱 5분만 기다리다가 그냥 가버린 일이 있었는데 그 친구가 나를 향해 그날은 왜 그랬냐며, 자기는 왜 5분도 못 기다려 줬냐며, 5분 늦게 도착해서 내가 가버린 줄 모르고 오래도록 기다렸다며, 꼴좋다며 나를 질책할 것 같았다. 파란 세상은 찢어진 지붕 아래 비를 피해 몸을 돌돌 말고 깊이 연애하는 남자 친구가 오기를 미련하게 기다리고 있는 나를 비웃는 것만 같았다.

그렇게 세차게 영원히 그치지 않을 호랑이 발바닥 같던 비가 그치자 언제 그랬냐는 듯이 강렬한 햇빛이 다시 사람들을 종각 앞으로 불러 모았다. 힐끔힐끔 쳐다보는 사람들의 눈초리 때문에 비는 그쳤지만, 오히려 더 기다리지 말고 가야 하나 싶은 생각이 들 지경이었다. 약속 시간으로는 한 시간이 지나고 내가 도착한 시간으로부터는 1시간 30분이 지나고 있었다. 돌아서서 갈까? 하다가 다시 멈칫하는 꼴로 자존심이고 뭐고 이제 다른 생각은 사라지고 J에게 무슨 일이 생긴 건 아닐까, 걱정되기 시작했다.

나를 향한 J의 마음이 사랑이든 우정이든 아니 그 이하라고 해도 이렇게 막무가내로 약속 장소에 안 나타날 친구는 아니었기에 좀 더 기다리는 것이 맞다고 생각했다.

그때를 생각해 보면 지금의 휴대폰이라는 문명의 발달이 얼마나 감사한지 모른다. 기지국이 폭파되지 않는 이상 실시간으로 늦어지고 있는 이유를 알려주었을 것이고 연락이 안 된다고 해도 도로와 교통상황을 찾아볼 수 있으니 적어도 그토록 기약 없는 기다림으로 애를 태울 일은 없기 때문이다. 그렇게 감사한 문명임에도 불구하고 휴대폰의 잘못 전송된 메시지로 오해가 생기고, 전화를 받지 않거나 혹은 키패드가 잘못 눌려지는 바람에 원치 않는 상대의 속내를 다 들어버려서 다투는 일까지 벌어지니 배부른 문명 속에서 사람들이 얼마나 나약하고 어리석은 모습인가 말이다. 그러면서도 그 문명에 목을 매고 산다.

어쨌든, 그때는 막연히 기다리거나 미련 없이 가버리거나 둘 중 하나를 결정할 수밖에 없는 상황이었는데 나는 기다림을 선택해서 애를 끓이는 중이었다.

계절은 여름의 끝자락이라 여전히 후덥지근했지만 비를 맞아서 그런지 갈비뼈가 조금씩 떨리기 시작했다. 순간적으로 쏟아지는 거센 소나기 아래 있었던지라 좀 추웠던 것 같기도 하고, 다시 쨍한 햇살 아래 아직은 끈적한 여름 바람 때문인지 몸에서 찐득한 술

꿈의 퍼즐

빵의 쉰내가 나는 것 같았다. 가을로 가는 계절의 먼 하늘에선 서서히 석양이 붉어질 준비를 하며 스멀스멀 올라오고 있었다. 힐끔거리며 쳐다보던 사람들도 모두 가버린 종각 앞에서 쓸쓸한 사람은 오직 나 하나인 것만 같았다. 종각 앞에서 부서진 나의 두 시간이 먼지가 되어 허공으로 날아가고 있는데 시계는 4시를 지나고 나는 결국 발길을 돌렸다.

바로 그때,

"홍 반장아!"

어쩜 그렇게 극적으로 왔는가. 어쨌든 그 친구가 왔다.

온 밤을 하얗게 지새우게 만든 그 친구가 내 이름을 부르면서 지하철역에서 올라오고 있었다. 나는 왜 눈물이 났는가.

"왜 이제 왔어? 내가 아직 안 가고 기다릴 거로 생각한 거야? 비가 얼마나 많이 온 줄 알아? 느닷없이 천둥 번개까지 치면서 온 세상이 캄캄해지고. 엄청나게 비가 왔단 말이야. 다른 사람들은 다 비를 피하는데 나만 여기서 피하지도 못하고, 꼼짝도 안 하고. 엉엉. 왜 왜 이제 왔냐고 엉엉."

J는 아무 말도 하지 않고 내가 울면서 하는 말을 가만히 듣고 서 있었다. 그가 아무 변명도 하지 않는다는 걸 깨닫는 순간 비에 젖은 자존심 때문에 눈물이 쏙 들어가 버렸다.

"왜 아무 말도 안 해? 두 시간이 넘게 지났는데 여길 이렇게 나타나는 너는 뭐니, 내가 아직 기다리고 있을 줄 안 거야?"

"응."

"뭐? 어떻게 내가 기다리고 있을 거로 생각할 수가 있어? 이 비를 다 맞고 기다릴 만큼 널 좋아해서?"

"아니, 내가 올 거였으니까. 난 꼭 올 거였거든."

그걸로 됐다. 내가 비를 맞았든 말든, 두 시간이 지났든 말든, 가을이 오고 해가 지든 말든, J의 꼭 올 거였단 말로 충분했다.

J는 의대에 다니고 있었는데 평소 친하게 지내던 선배가 지방에 병원을 개원해서 입대하면 찾아가 축하해 주는 일이 어려울 것 같아 다녀오는 길에 공교롭게도 기차가 연착되었다고 했다. 그 시절엔 그런 일들이 왜 그렇게나 많았는지.

저도 마음이 몹시 불편하고 조급했다고 변명하면서 그런 중에도 분명히 내가 기다리리라 생각했다는 J의 확신이 오히려 기뻤다.

"근데 나…. 비를 엄청 많이 맞았어. 어떤 남자가 이 우산을 줬는데 별 도움이 안 될 만큼 새는 거야. 새는 비를 다 맞아서 지금 너무 구질구질해. 정말 속상하고 창피해. 어떡하지?"

"괜찮아, 괜찮아. 이거 입어."

J가 건넨 얇은 점퍼가 너무 좋아서 냉큼 받아 입고는 언제 슬펐냐는 듯 속없이 씩씩하게 걷기 시작했다. 아까는 분명 갈비뼈가 떨리도록 으슬으슬 추웠는데 이제는 하나도 떨리지 않았다.

J의 점퍼는, 비를 맞으며 두 시간 동안 종각 앞에 서 있었던 20대 여자의 딱 가을 저녁용 점퍼였나 보았다.

TV에 젊고 잘생긴 가수가 나와 첫사랑을 떠올리면 어디선가 퀴퀴한 걸레 냄새가 나는 것 같다고 했다. 늦여름 어느 비 오는 밤, 급하게 버스에 올라탄 그녀의 더운 체온과 추적추적 내리는 비 냄새가 한데 섞인 쿰쿰하고 진득한 걸레 냄새를 그는 첫사랑의 향기로 기억하고 있었다.

고개가 끄덕여지는 익숙한 냄새, 많은 이들이 축축한 그 냄새를 알고 있지만, 그 가수를 제외한 어느 누구도 따뜻한 체온과 차가운 비가 머리카락 속에서 모락모락 김을 내는 그 냄새를 첫사랑의 향기로 기억하지는 않는다. 왜냐하면 첫사랑은 모름지기 아름다워야 하니까.

우리는 모두 누군가의 첫사랑일 수 있다. 그러나 사실 전부 아름답지 않고 모두 멋있거나 청순하지 않다. 그럼에도 우리의 기억 속에는 절대로 늙지 않는 멋진 그와, 오직 아름다운 첫사랑 그녀가 있다.

사람은 기억의 모순을 안고 사는 것이다. 사랑과 이별까지 차곡차곡 모순 위로 내려앉은 기억의 서사. 그것이 결국 또 살아가는 힘이 된다는 것을 우리는 안다.

그리고 영원히 살 것처럼 또다시 사랑을 꿈꾼다.

죽지 못해 사는 인생이 되어서야

◇◆◇

얼마 전, 친구를 만났다. 친구는 요즘 새로 입사한 동료에 대해 하소연했다. 친구의 신입 동료는 신입답지 않게 매우 퉁명하고 업무에 대해 불평이 많다고 했다. 요즘 세대라 불리는 젊은 친구들이 다 그런 건 아니겠지만 예전처럼 "이건 신입이니까 당연히 하는 거야."라는 생각으로 지시했다간 부당함을 호소하는 글이 인터넷에 자기의 이니셜과 함께 도배 될 것이 뻔하다고 했다. 오히려 선배들이 신입의 눈치를 보면서 업무를 가르쳐야 하는 현실에 한숨이 나온다는 애잔한 하소연이었다. 또 친구의 신입사원은 어찌나 불평불만이 많은지 왜 그렇게 불평불만이 많냐고 물어보면 힘들어서라

꿈의 퍼즐

고 당당하게 대답한다는 것이다. 충분히 이해하고, 백 보 양보해도 도대체 뭐가 얼마나 힘이 드는 건지 자꾸만 고개가 갸우뚱해지는 신입의 태도에 대한 내 친구의 고민이 겨울밤처럼 깊어지고 있는 것 같았다.

친구의 이야기를 들으면서 나는 수년 전 함께 프로젝트를 진행했던 나의 동료 L이 떠올랐다.

L은 일단 회사에 들어서면 날씨 때문에 한 번 죽는다. 그때가 여름이면 더워서 죽고, 겨울이면 추워서 죽는다. L을 위해서라면 우리나라에는 봄과 가을 단 두 계절만 있어야 했다.

컨디션이 조금이라도 좋지 않은 날에는 아파죽고, 일이 잘 안 풀리면 짜증 나 죽는다.

그놈의 죽겠단 말을 입에 달고 살았는데 회사에 들어서면서부터 죽겠다고 해대는 걸 보면 밤새 집에서 죽을 결심이라도 하고 나온 건가 싶고 그런데도 안 죽고 꼬박꼬박 출근하는 걸 보면 아무래도 죽을 장소를 회사로 정한 건가 싶기도 했다.

그녀의 죽음에 대한 자잘한 계획은 절대 실행되지 않고 동료들은 그녀와 함께 일하는 것을 점점 지겨워하기 시작했다.

동료 중 누군가가 좋은 마음으로 커피를 타 주면 자기가 급하게 먹다가 입을 데어놓고 뜨거워 죽겠다고 성화이고 아이스크림이라도 먹는 날엔 이가 시려 죽겠다고 난리 브루스. 가만히 생각해 보면 곧 죽겠다는 날투성이라 살날이 별로 없는 친구였다. 그런 L을 동료들이 좋아할 리 없었다.

어느 날, 팀 내에 제일 연장자인 선배가 나를 부르더니 "홍 팀장, L 씨는 정말 너무 한 거 아니야? 매일 그렇게 짜증을 내면서 온갖 일에 다 죽겠다고 투덜대니 우리도 짜증이 나. 긍정적이고 진취적인 사람과 일하고 싶지, 저렇게 온통 부정적인 사람과 일하고 싶겠어? 우리 스트레스도 이만저만이 아니야. 언제까지 참아줘야 하나? 홍 팀장 봐서 아무 말 안 하고 있었는데 이건 아닌 거 같아. 나아지진 않고 점점 심해지고 있어." 라며 불만을 토로했다.

팀원의 단합이 우리가 맡아서 진행해야 할 프로젝트에 미치는 영향은 매우 중요했다.

팀장으로서 내가 간과할 수 없는 호소였기에 L의 입에서 다시 한 번 더 죽겠다는 말이 나오면 어떤 액션이라도 취해야겠다고 마음을 먹고 있었다.

계절이 겨울에서 봄으로 빠르게 넘어가고 있던 따사로운 오후, 다 함께 회식을 겸한 단합의 의미로 제법 식사비가 비싼 고급 식당을 예약해서 팀원들에게 밥을 샀다.

식사를 핑계로 막 꽃망울을 틔우는 봄의 전령들을 만나고 교외로 드라이브를 겸해서 움직인 기분 좋은 나들이였다. 몇 주간의 프로젝트가 마무리되어 마음 편하게 움직인 발걸음이었으니 모두 하나같이 꼬마들 소풍 가는 기분으로 들떠 있었는데 그날도 어김없이 L의 죽음 계획은 쏟아져 나왔다.

날씨가 애매해서 차에 타고 있으니 더워 죽겠어. 창문을 열면 꽃가루가 날려서 간지러워 죽겠어. 밥 한 끼 먹자고 가는 식당이 멀어서 힘들어 죽겠어. 오늘따라 옷을 하나 더 걸쳤더니 둔해 죽겠어, 죽겠어, 죽겠어…. 팀원들의 표정이 보였다. 모두 신나서 들떠있던 표정이 하나둘 일그러지기 시작했다.

뒷자리에 앉은 L에게 미러를 맞추고 쳐다보았다.

"L씨, 불편해도 조금만 참아봐요. 멀지 않아. 다들 즐겁게 나왔는데 바깥에 봄 오는 소리도 듣고 꽃도 좀 보고. 봐요. 오늘 하늘 진짜 끝내주는걸? 너무 이쁘잖아."

의식적으로 말투에 힘을 주어 높낮이를 조절했다. 표정은 부드러웠으나 말투는 전혀 그렇지 않았음을 다행히 눈치챘는지 입을 닫고 더 이상의 죽음 계획을 살포하진 않았다.

식사 장소에 도착해서 모두 먼저 들어가게 한 다음 조용히 L을 불렀다. 사석에서는 서로 반말 하는 등 꽤 편한 사이여서 그녀는 나를 언니라 부르고 나는 그녀의 이름을 불렀다.

"애, 너 오늘 밥 먹을 수 있겠니, 오늘이 네 인생의 마지막 식사니?"

"그게 무슨 말이야?"

"대체 뭘 그렇게까지 죽고 싶은 일이 많아? 추워도 죽고 더워도 죽고 바람 불어도 죽고 비가 와도 죽으니 넌 대체 언제 사니? 여기 오는 사이에 너 몇 번이나 죽을 뻔했는지 알아? 밥도 먹기 전에 네 장례부터 치러야 하나 마음 졸이느라 운전도 제대로 못 했어. 뭘 그 렇게 맨날 죽을 결심이야?"

"그게 아니고, 짜증 나잖아."

L은 단순히 입버릇이 아니라 진짜 짜증이 많은 사람이었다.

"뭐가, 뭐 때문에 그렇게 짜증이 나는 건데? 그리고 네 인생의 짜 증은 네가 감당하는 거야. 사사건건 그렇게 짜증이 나서 죽겠다고 노래하면 저절로 죽는다니? 그러다가 진짜 너 죽는 거 기대하는 사람 생기면 어쩌려고 그래? 그리고 여기서 네가 제일 막내잖아. 나이로 사회생활 하는 건 아니지만 왜 모두가 네 눈치를 보게 하는 거야? 좀만 싹싹하고 긍정적이면 모두 좋아할 텐데 말이야. 왜 우 리 모두 너 이뻐하다 죽을까 봐? 안 죽어 걱정하지 마. 너보다 더 이쁜 짓 많이 하는 날 보고도 이때까지 한 명도 안 죽더라."

L은 그날 이후 얼마간 노력하는 것처럼 보였다. 그러나 쉽게 바 뀌지 않는 게 사람이라더니 그녀는 오랜 습관에 생각보다 깊게 잠 식당해 있었다. 게다가 부정적 태도를 타인이 바꿔줄 수는 없는 일 이었다. L은 동료들에게 지속적인 죽음 계획을 누설하다가 동료

꿈의 퍼즐

중 한 명과 제법 큰 마찰을 일으키고 말았다.

결국 L은 회사를 떠났다. 내가 그녀의 결정을 도왔고, 그럴 수밖에 없었다. 그녀의 부정적 말과 짜증이 고쳐지기를 기다리라고 다른 동료들에게 강요할 수는 없는 일이었다.

나는 아직도 그녀와 친분을 유지하고 있다. 지금도 여전히 L은 긍정적이지 않다. 그렇지만 더 이상 죽을 결심은 안 하는 모양이었다. 어쩌다 짜증을 내며 죽겠다는 말을 연실 내뱉고는 제 손으로 입을 틀어막으며

"아이고, 언니. 그게 아니라. 아, 이게 참 안 고쳐지네."

"괜찮아. 내가 내일 너희 집으로 장례지도사랑 같이 가도록 하마."

L은 웃으며 눈을 흘긴다. 나의 역설적 표현은 잘 고쳐지지 않는, 오직 죽겠다는 그녀의 부정적 말투가 더 늦기 전에 고쳐지기를 바라기 때문이다. 아무리 L에 대한 애정이 있다고 해도 계속 잔소리할 수는 없는 일이기에.

말이 씨가 된다는 속담이 있다. 말의 중요성과 말에 진심을 담는 일이 얼마나 귀한 일인가를 가르쳐주는 속담이다.

그렇다고 우리가 말한 대로 전부 다 이루어지는 것은 아니지만 돈이 드는 것도 아닌데 이왕이면 좋은 말, 따뜻한 말로 위로를 담고

용기를 담아 말하면 좋지 아니한가. 뿌린 대로 거두는 씨앗은 곧 열매가 된다. 언젠가는 자루가 찢어지도록 수확하게 될 말의 열매.

　풍성한 수확의 기쁨은 긍정의 한 마디로부터 온다는 것을 기억해야 할 것이다.

꿈의 퍼즐

◇◆◇

제3장
남편의 안간힘

◇◆◇

눈물의 강

남편은 유리구슬 같은 사람이다. 어찌나 맑고 투명한지 그 속이 훤히 비치는데 굳이 거짓말을 자주 하는 반전을 가지고 있었다. 하지만 무척 안타깝게도 그의 거짓말은 금방 탄로가 났다. 그리 길게 유지되지 못하는 거짓말의 꼬리는 번번이 밟히면서도 엄청난 집념을 가지고 끊임없이 도전하고 또 도전하니 점차 그 길이가 더해지긴 했다. 지금은 거짓말할 것도 없고 하지도 않지만, 젊은 날의 남편은 그렇지 않았다. 주말이 되면 진실과 애절의 얼굴로 거짓말을 했다. 그때마다 평소에는 그다지 많이 쓰지 않고 골동품처럼 소중하게 보관하고 있던 머리를 조심히 꺼내서 최선을 다해 사용했고

남편의 안간힘

그 골동품 같은 머리는 언제나 우리 부부에게 최악의 낙찰가를 보장해 주었다. 최선을 선택해서 최악을 보여주는 일이 어디 그리 쉬운 일인가. 그런데도 남편은 그 어려운 연기에 매주 도전하며 살았다.

남우주연상에 빛나는 그 어떤 배우보다 더 열정적으로 연기의 재능을 보여 주어서 그의 놀라운 안간힘은 혼자만 보기에는 실로 아까운 장르물이 아닐 수 없었다. 지금은 주말이 되면 예배를 드리고, 집안일을 돕거나 지친 육체를 쉬어가는 날로 보내지만, 젊은 날의 그는 주말이 되면 항상 경마장엘 가야 했다. 어찌나 경마장에 가지 못해 안달이 났는지 우리 부부는 매주 싸울 수밖에 없었다. 나는 격렬히 끓어오르는 감정을 누르지 못할 만큼 격정적으로 그곳을 싫어하고 남편은 눈물 없이는 볼 수 없는 연기를 해가면서 어떻게든 그곳엘 가려고 안간힘을 썼다.

그즈음 남편 주변에는 돌아가신 분들이 많아졌다. 월요일에 돌아가신 분도, 수요일에 숨을 거두신 분도 모두 남편을 위해 주말까지 살아계시다가 반드시 주말에 다시 돌아가셔야 했고, 1년 전에 돌아가신 친구의 아버지도, 5년 전에 돌아가신 직장 상사의 장모도 모두 그의 주말에 다시 한번 돌아가심으로 남편의 안간힘에 큰 도움이 되어 주었다.

예수님 말고도 부활한 사람이 이렇게나 많은데 세계적으로 절대

소문은 나지 않았다.

이미 돌아가신 분들의 과거를 현재로 되돌리려니 놀라운 연기력에 얼마나 뜨거운 영혼을 담아야 했겠는가. 금요일쯤에는 시나리오가 완성되어야 주말이 되면 바로 연기에 돌입할 수 있었을 텐데 대체 회사에서 어찌 그리 일을 잘 해내는지 당최 알 수가 없었다. 거기다 경주마에 대한 꽤 심도 있는 연구가 있었음을 옆에서 지켜본 내가 다 아는데 멀티가 안 되는 그에게 결코 쉬운 문제는 아니었을 것이다.

그가 갖은 거짓말로 혼신의 연기를 다하고 나간 주말, 텅 비고 쓸쓸한 집에서 멍하니 베란다 건너의 초등학교 운동장을 내려다보곤 했는데 그때마다 조기 축구회에 나와 공을 차는 남의 남편들이 보였다. 안간힘을 쓰고 나간 남편을 대신해 미워할 대상이 필요했을까? 그래서 최선을 다해 진심으로 그들을 미워하기 시작했는가? 조기 축구회를 향한 말도 안 되는 미움이 극에 달해 간혹 폭발하는 날엔 창문을 열고 절규에 가까운 소리를 질러댔다.

"이것들아, 주말에 가족하고 보내야지. 공만 차면 돈이 나오냐? 너희가 국가대표냐?"

도로를 건너 운동장 한가운데, 그것도 오직 공을 차는 것에 몰두해 있는 그들에게 내 목소리가 들릴 리 없건만 그걸 알면서도 최선을 다해 소리를 질렀다. 그러다 간혹 돌아다보는 사람이 있으면 그

남편의 안간힘

에게 내 고함치는 소리가 들렸는지 아닌지도 모르면서

"그래 너, 너 말이다. 이놈아." 라며 허공에 대고 악을 쓰기 일쑤
였다.

나는 어린 아내였고, 세상을 알지 못했다. 주말이면 안간힘을 쓰
며 집을 빠져나가는 남편의 등을 바라보던 나는 30년도 채 살지 못
한 인생이었다.

속이 다 들여다보이는 내 남편은 증권맨이었다. 펀드매니저란
이름의 활동명을 가진 사람들이 한때 잠깐 사(師)자 붙은 사람들만
큼이나 인기몰이를 한 적이 있었는데 남편은 업계 최고의 증권회
사에 다니는 펀드매니저였다.

남편은 대학을 졸업하기 전에 이미 취업에 성공한 청년이었다.
청년들의 취업이 아주 심각한 사회적 문제로 특단의 국가적 정책
이 간절하게 필요한 시기는 아니었을지라도 그때나 지금이나 대학
을 졸업한 청년들의 안정적인 취업이 그리 쉬운 일은 아니었기에
아들딸이 졸업 전에 취업 되었다는 건 그 시절 어머니들의 근거 있
는 자신감에 충분한 이유가 되었다. 남편은 입사해서 처음부터 고
객을 유치하고 계좌와 주식을 관리하는 부서에서 근무한 것은 아
니었는데 고객들의 주식을 운용하여 실적을 인정받을 수 있는 부
서로 가고 싶어 그야말로 안달이 났었다. 증권회사에 몸담고 있으

면서 가까이에서 본 주식시장은 마치 황금알을 낳는 거위 같았던 모양이다. 알 잘 낳는 거위를 키우고 싶었겠지.

결혼 2년 만에 드디어 부서를 옮기게 된 남편의 본격적인 날갯짓이 시작되었다. 그저 작은 날갯짓 정도가 아니라 그야말로 훨훨 날아다녔다. 그의 날개는 신기하게도 가볍고 가뿐했다. 크게 고민하지 않고 선택한 듯 보였던 투자 종목은 연일 상한가를 기록했고, 그의 능력은 바람을 타고 소문의 유리병에 담겨 온 증권가의 바다를 출렁이며 떠다녔다. 병뚜껑을 열어 운 좋게 그의 능력을 만나는 고객마다 상한가의 짜릿한 맛에 취할 수 있었고, 그 맛을 본 사람들은 남편과 함께 손에 손을 잡고 일주일 동안 주식으로 번 돈을 들고 더 큰 운과 절대적 일확천금을 기대하며 경마장으로 달려갔다. 날개를 단 듯했으니 어쩌면 날아갔는지도 모를 일이다. 아마 그들 주변에도 매주 돌아가시는 분들이 생겨났을 것이다. 사실적인 통계와 관계없이 우리나라는 그때가 가장 사망률이 높았을 거라는 어처구니없는 생각을 했다. 그런데 신기하게도 자기들의 아버지 어머니는 돌아가시지 않게 하는 양심이 주로 장인 장모를 돌아가시게 했다. 다들 장수 집안의 자손들인가. 그 장수의 내력이 한심하기에 그지없었다.

어느 해 여름에 폭우로 도로 여러 곳이 통제된 적이 있었다. 학교나 회사마다 등교 시간과 출근 시간을 늦춰주는가 하면 더러 임시

남편의 안간힘

휴교 한 학교도 있었는데 서울 도심으로 출근하는 남편은 장이 열리는 시간에 회사에 가지 못하면 나라를 팔아먹은 매국노라도 되는 것처럼 미친 듯이 출근에 집착했다. 도로가 통제됐는데 무슨 수로 갈 거냐고 물으면 통제된 곳까지 간 다음 거기서부터는 헤엄쳐서 갈 거라고 말해 아들의 잘못된 진로를 보고만 계셨던 내 시어머니를 원망했다. 수영을 시키셨어야지. 경영학과에 보내시다니.

그야말로 출근하기 위한 그의 노력은 필사적이었다.

그렇다고 해서 남편이 가정에 아주 충실하지 않은 것은 또 아니었다. 주말마다 안간힘을 쓰며 경마장엘 가고 싶어 했지만 어쩌다 간혹 우리의 전쟁에서 내가 승리하게 되는 날에는 무척 성실하고 다정했으며 친절한 남편이자 좋은 아빠로 최선을 다했다. 어디 하나 흠잡을 데 없는 최고의 남편이자 아빠의 역할도 수준급으로 잘해냈고, 교회에 나가 목사님과 악수하고 성도들과 안부를 나누는 수고로움까지 마다하지 않았다. 그러나 교회에서만큼은 어찌나 정직한지 단 한 번도 독실한 신자의 얼굴은 하지 않았는데 자신의 연기는 아내에게나 통하는 연기였다고 생각을 한 건지, 신을 속이기는 어렵겠다는 판단이었는지 모를 일이다.

그에게는 언제나 상한가의 늪에서 건져 올린 누렇고 시퍼런 월척의 지폐들이 지갑에 넘쳐났기 때문에 가족들과 지인들에게 사격 선수나 양궁 선수가 부럽지 않은 쏘기의 달인으로 살았다. 뭘 그렇게까지 끊임없이 쏘고 또 쏘는지.

나와의 기념일에는 반짝이는 것과 향기 나는 선물을 잊지 않았으며, 아이들을 등에 태우고 하루 종일 성실하게 놀아주는 좋은 아빠로 시간을 보내는 완벽한 남자의 실력을 발휘하였다. 그때마다 나는 새로운 희망을 품고 행복한 미래를 설계하는 바보처럼 살았다. 아니 어쩌면 진짜 바보였는지도 모른다.

부드러운 성품을 타고난 남편이, 원래 부족한 것 없이 자란 그가 능력의 날개를 달았으니 완벽한 사람처럼 보이는 건 그리 어려운 일이 아니었다. 식사 자리에서는 절대 다른 이의 대접은 받지 않기로 작정한 사람처럼 자기의 지갑을 계산대로 던지면서까지 여유와 치기를 부렸으며 나와 아이들에게도 지난 주말에 상한 마음을 달래주기 위한 그의 노력은 눈물 나게 정성스러운 진심이기도 했다. 능력 있는 남편과 착하고 순한 아이들과 언제나 내 편이 되어주는 자매들과, 부모님까지 가까이에 살고 계셨으니, 사람들이 볼 때 나는 부러운 것 없는 성공한 결혼의 주인공이었다. 현실은 점점 곪아가고 있었지만 아무도 알지 못했다.

주말의 전쟁을 두려워하면서 일주일을 살았던 나의 매일은 피에로의 화려한 분장 속에 감춰진 눈물이었다. 남편이 주는 풍요와 여유는 가난했던 내 유년에 대한 위로라고 생각했다. 그래서 당연한 그 위로를 늘 감사하고 있다고 착각했는지도 모른다. 이성으로는

남편의 안간힘

감사가, 감정으로는 원망이 눈덩이처럼 불어났다. 이해할 수 없는 모순의 시그널을 무시하지 않고는 숨을 쉴 수 없을 것 같았다.

꿀같이 달콤한 주말이 지나면 그다음 주엔 무슨 일이 있어도, 천지가 개벽한다 해도 남편은 반드시 경마장엘 가야 했다. 도저히 연속된 두 주의 포기와 봉사는 있을 수 없는 모양이었다. 한 주 결석했으니 이번 주는 반드시 가야 한다는 의지가 월요일부터 눈에 보이게 활활 타올랐다. 남편 덕에 짜릿한 돈맛에 취해있는 사람들이 여러 사람을 돌아가시게 한 그곳, 그들만의 장례식장에서 남편을 애타게 기다리고 있었다. 남편은 그들의 영웅이었다.

하지만 나는 영웅의 지갑에 터질 듯 가득 찬 돈도 필요 없고, 아이의 얼굴을 쳐다보면 하염없이 눈물만 났다. 영혼이 점점 시들어가고 있다는 것이 어떤 건지 날마다 경험했다. 죽고 싶은 날들의 연속이었다. 그러나 죽을 수도 없는 현실이었다. 나는 이미 두 아들의 엄마가 되었기 때문이었다.

욕망+욕망

◇◆◇

영원히 날아다니며 고공 행진할 것 같았던 남편의 날개가 꺾이기 시작했다.

IMF. 외환의 위기 앞에서 기업과 자영업자가 무너지고 주식시장이 무너지자, 남편에게도 위기가 찾아오는 듯했다. 하지만 위기는 오래 가지 않았다. 이내 다시 섬광처럼 반짝이며 연일 상한가를 기록하던 남편의 주식은 영원불멸의 절대적 군주 같았다. 그러나 세상에 영원한 것이 있겠는가. 그는 결국 추락하기 시작했다. 아이러니하게도 남편은 추락하기 시작했는데 오히려 대한민국은 완전히 외환위기를 극복해 가고 있었다. 짜릿한 돈맛을 본 사람들이, 그

남편의 안간힘

를 영웅처럼 떠받들던 사람들이 한순간에 등을 돌리고 원망하기 시작했다. 그들의 원망은 단순히 원망으로 끝나지 않았다. 갖가지 명분을 들어 손해액의 일정 부분을 감당 해주길 요구했다. 나라는 위기를 극복하기 시작했는데 우리는 안팎으로 곪기 시작했다. 그는 다시 날개를 펴서 어떻게든 날아보려고 처절하게 몸부림쳤다. 돈맛이라는 건 정말로 무서운 것이었다. 그 맛은 남편의 안간힘보다 수십 배, 수백 배 무서운 그들의 광기를 불러왔다.

돈과 성공에 대한 이유 없는 집착은 전염이 강한 무서운 질병 같았다.

"그렇게 돈 벌어서 뭐 할 건데, 나처럼 가난하게 자란 것도 아니면서 왜 이렇게 돈에 집착하는 건데? 내가 필요 없다고 하잖아. 목적 없는 수입이 왜 더 필요해? 지금도 충분하다고, 충분하다잖아. 내가!"

말은 그렇게 했지만, 그것은 지친 내 영혼의 표현일 뿐이었다. 간간이 더 넓고 좋은 집으로 이사하길 원했고, 풍요로운 미래의 청사진을 보란 듯이 꺼내 흔들며 완벽한 경제적 여유를 요구했으므로 남편에게 나는 배상을 종용하던 그들과 다를 바 없는 맹수에 불과했다. 날마다 마음과 말의 모순이 부딪히는 걸 목격하며 살았다. 그는 절대 아무 말 하지 않았지만, 두려움과 숨고 싶은 마음을 정말이지 다 알 수 있었다.

아무리 밤잠을 설치며 궁리에 궁리를 더해 보아도 해결책은 없었다. 딱 죽어버리면 좋을 것 같은 날들이었지만 막상 모든 상황이 손을 쓸 수 없는 궁지에 몰리고, 경제적인 압박이 우리를 위협해 오자 오히려 냉정해졌다. 치열했던 내 삶의 내공이 슬슬 실력을 발휘하기 시작했는지도 모른다. 처절하게 울다 잠이 들어도 새벽이면 깨어나서 죽지 않을 방법을 생각해 내기 시작했다. 나는 엄마니까, 아이들과 살아야 하니까.

그러나 궁리하고 밤잠을 설친다고 해서 상황이 금방 해결되고 좋아지진 않았다. 누구의 손도 잡을 수 없었고, 누군가 선뜻 손을 내밀지도 않았다. 벼랑 끝에 서 있으면서 가족의 손은 더더욱 잡을 수 없었다. 나 때문에 부모 형제를 벼랑 끝에 세우고 싶지 않았다. 그것은 나의 마지막 객기이고 자존심이었다.

증권가의 여러 뉴스는 남편에게 매우 불리했다. 그가 가진 주식이 날마다 상한가를 기록한 것이 오히려 독이 되어 발목을 잡았다. 부부 동반 해외연수까지 보내주며 남편을 칭송하던 회사마저 등을 돌리기는 마찬가지였다. 내사를 통해 세밀한 조사가 시작되었다. 그야말로 벼랑 끝 비탈길이었다. 모든 조사가 끝나고 오해는 벗었지만, 사건의 중심에 서 있던 남편은 자기를 믿어주지 않던 회사를 떠나고 싶어 했다. 그는 회사를 옮겼고, 우리는 집을 팔았다.

결혼 전 시부모님께서 남편 명의로 장만해 주신 집이 우리 힘으

남편의 안간힘

로 악착같이 모아서 산 집이 아니라 그런지 죽을 만큼 아깝지는 않았다. 우리는 아직 젊고, 열심히 일해서 집은 다시 사면 된다고 생각하며 빨리 어려운 상황이 정리되기만을 바랐다.

하지만 남편은 달랐다. 꼭대기에서 내려올지라도 추락은 두려운 모양이었다. 그는 추락하지 않으려고 눈물 나게 발버둥 쳤다. 다른 증권사로 이직한 남편은 다시 한번 날아보리란 미련을 버리지 못하고 버둥거렸다. 그의 발버둥은 측은했으나 위기 앞에서 정작 나는 그에게 어떤 도움도 되지 못했다. 아무리 남편을 사무치게 그리워했다 할지라도 그 마음이 능력이 되지는 못했다.

남편은 새로 옮긴 회사에서도 성실하게 최선을 다해 일했고 잠시 제자리로 돌아가는 듯 회복의 조짐이 보였다. 그것만이 제자리라고 생각했기 때문에 오직 증권가의 중심에 서는 것만 계획했을 뿐 다른 길은 생각지 않았다. 그러나 끝내 그는 다시 날지 못했다. 꺾여버린 날개는 아무리 애를 써도 창공을 가르지 못했다.

그는 너덜너덜해진 누더기를 걸친 채 전혀 다른, 새로운 직종의 일을 시작했다. 자기 삶의 궤도 안에 들어있지 않던 일이었다. 어색하고 낯선 새 일은 투박하고 힘들었다.

어려움 없이 자라 무난하게 대학에 진학했고 졸업도 하기 전에 취업이 되어 책상 앞에 앉아 고되지 않게 일했던 남편에게 새 직장은 쉽지 않았다. 왕자처럼 자란 그가 새로운 일을 얼마 해내지 못할 거로 모두 생각했다. 그러나 새 직장에 적응하기 위한 그의 성실은 모두가 생각한 것 이상이었다. 매일매일 기록을 갈아 치울만한 열심과 노력이었다. 경제적으로는 이전보다 훨씬 어려워졌지만, 우리의 주말에 더 이상 경마장이 등장하지 않으니 살 것 같았다. 아무도 돌아가시지 않았고 이유 없이 조기 축구회를 미워하지 않아도 되었다. 평화로운 주말이 찾아오니 숨이 막혀 죽을 것 같던 가슴이 조금씩 다시 호흡을 시작했다.

　나의 열네 살 어느 여름날, 남편이 내 앞에 나타났다. 뜨거운 여름의 태양 한가운데 얼굴이 하얗고 손가락이 가늘고 긴 대학생 오빠를 본 것이다. 젊은 날의 남편을 기억하는 사람 중에 열에 아홉은 잘생겼다고 하는 것으로 보아 나 역시 그의 외모가 먼저 눈에 들어온 모양이다. 키가 크고 약간 마른 체형의 남편에게 있는 풍요와 여유의 향기가 좋았다. 소위 부잣집 도련님 같은 모습으로 내 인생에 등장한 시원한 빗줄기 같은 그가, 처음 봤을 때부터 좋았다. 하지만 대학생이자 군인이었던 남편이 중1의 여학생을 이성 친구로 만나줄 리 없었고, 나도 일곱 살이나 많은 대학생 오빠를 남자 친구로 삼고 싶은 생각은 추호도 없었다. 그리고 좀 더 정확히 말해 사춘기의 내 앞에는 남편 말고도 멋진 남자들이 종종 등장했기 때문에 그는 자신도 모르는 사이에 내 남자 친구 후보 리스트에서 쭉쭉 밀려나기 시작했다. 즐겁고 신나는 혼자만의 이상형 월드컵이 사춘기 내내 진행되고 있었다.

우리는 십 년 가까이 가끔 안부만 하는 사이로 지냈다. 그러다 내가 성인이 된 후 남자 친구와 함께 명동거리에서 남편을 만났는데, 수트핏을 뽐내며 내 앞에 다시 나타난 남편은 여유로운 모습 위에 뭔가 원숙한 분위기가 더해져 있었으므로 수년이 흘렀음에도 불구하고 단박에 나의 이상형 상위권에 진입해 버렸다. 그가 지나치게 빠른 속도로 순위권에 들어와 버리는 바람에 결국 남자 친구에게 이별을 고하고 남편과 나는 머지않아 연인이 되었다. 나를 자기의 연인으로 만들기 위한 남편의 노력은 기나긴 겨울을 지나 봄을 맞는 대지의 뜨거운 입김 같았다.

나는 가난하고 평범하기에 짝이 없는 학생이었건만 사랑은 참으로 계획 없이, 예고도 없이 그렇게 들이닥쳤다.

마음은 내거니까 내 맘대로 할 수 있을 거란 생각은 지나친 교만이었다. 나는 그를 속절없이 사랑했다.

사랑이 외면합니다

◇◆◇

증권가를 벗어나 새로운 일을 시작한 남편은 예전에 내가 좋아했던 여유로운 분위기를 조금씩 잃어갔다. 내가 반했던 희고 길었던 손가락은 원래부터 이렇게 짧았었나 라는 생각이 들 만큼 전혀 희지도 길어 보이지도 않게 되었다.

하지만 남편은 새 직장에서도 인정받기 시작했다. 그는 자기 일에 항상 진심이었다. 주식을 할 때처럼 큰돈을 만지지는 못했지만, 통장에 꼬박꼬박 매달 일정한 급여가 들어오고 나도 일을 시작했으니 우리 가정의 무너진 경제는 금방 다시 회복될 수 있을 거라고 단순하게 생각했다. 그러나 소용없었다. 남편은 맞지 않은 옷을 입

남편의 안간힘

은 것처럼, 남의 옷을 빌려 입은 것처럼 불편해 보였다. 그 불편함을 오직 술과 담배에 의지하여 간신히 하루를 입고 벗었다. 새 직장에 최선과 성실을 다하되 언젠가는 증권가로 돌아가리라 결심한 사람처럼 전혀 안정되지 못했다. 새로운 일에 익숙하지 않아 힘들어했고, 자기에게 정보를 얻어 상한의 사다리에 올라 춤을 추던 사람들의 차가운 배신은 등을 시리게 했고 얼어붙은 가슴에 생채기를 냈다.

잘못을 알고 있다는 데도 잔소리와 닦달을 그치지 않는 아내도 술과 담배가 아니고서는 잠들지 못하는 불면을 밤을 가져다주었다. 그는 매일 밤 오직 잠들기 위해 안간힘을 썼다.

하나밖에 없는 형까지 치밀한 계획과 비열한 방법으로 혼란의 틈을 타 아버님께서 남편에게 남겨주시기로 했던 작은 빌딩과 서울 소재의 아파트를 자기 소유로 바꿔 놓았다. 아버님이 남편에게 증여하기로 계획하셨던 부동산까지 전부 다 더 이상 남편 몫이 아니었다. 아주버님이라는 작자는 동생의 몫을 영원히 돌려주지 않았다. 동생보다 더 큰 것을 받고도 그보다 적은 동생 것까지를 차지하고 싶었던 남편의 형과 장남의 말을 너무 믿어버린 아버님의 뒤늦은 후회는 달랑 둘뿐인 형제 사이를 갈라놓았고, 아버님의 무릎을 치는 후회는 아무 힘도 발휘하지 못하고 간신히 당신 무릎 관절을 보호하는 데에 그쳤을 뿐이었다.

집을 팔고도 남아있는 부채는 수입보다 큰 지출을 불러왔고, 곧 나아질 거로 생각했던 살림살이는 점점 더 기울어졌다. 돈이 돈을 낳고 빚이 빚을 낳는다는 옛말을 학설로 증명할 수 있을 만큼 우리의 일상은 처절하고 고달팠다.

"우리, 아이들 데리고 그냥 죽어버릴까?"

어느 날 그렇게 말하자 남편도 보란 듯이

"그래, 그러자. 이렇게 사느니 그게 낫겠어." 라며 자기의 지난날을 반성하기는커녕 증오의 불씨에 바람을 불어 넣었다. 갈등은 극강으로 치달았고 시쳇말로 약 사 먹을 돈이 없어 죽지 못했다는 사람들의 넋두리가 과장이 아니란 것을 알게 되었다.

어설픈 기도의 손을 모으면서 기적을 기대했다. 무너짐의 모든 원인은 오직 남편에게만 있다고 생각했기에 나는 피해자의 굴레에서 벗어나지 못했다.

이제 마리오네트가 되어 줄에 매달려 내가 원하는 대로 살아주고 있는 그에 대한 면죄부는 오직 내 손에 달려 있다고 믿었으므로 그를 용서해 줄 어떤 마음도 먹지 않았다.

남편은 천성적으로 온순한 성품을 가진 사람이다. 타인의 허물을 이야기한 적이 없고 한 번도 자기를 스스로 자랑한 적이 없으며 쉽게 화를 내거나 소리친 적도 없다. 어떻게 저럴 수 있을까? 고개

남편의 안간힘

가 갸우뚱해지는 성품을 가진 사람이라 가히 공자님 德에 준할 수 준이라는 어이없는 생각을 한 적도 있었다. 함께 사는 30년 동안 그의 입을 통해 남의 험담을 들어본 일이 없고, 내가 어떤 실수나 잘못을 해도 지적하거나 웃은 적이 없다. 누구를 원망하거나 질책하지도 않았으니 어떻게 이럴 수 있는 건가 싶고, 전부 진심인가 싶기도 했다. 돈과 성공에 대한 부질없는 짓들은 어쩌면 단순히 성공병 같은 게 생겨서 그럴 수 있단 생각이 들면서, 서로가 말할 수 없이 상처를 내며 다투는 중에도 만약 다시 태어난다면 주식을 모르고 경마장에 가지 않는 그를 만나 이전보다 더 뜨겁고 완전하게 사랑하고 싶었다. 아프다고 해서 사랑하지 않는 것은 아니니까.

그런 그가 완전히 다른 사람으로 변하기 시작했다. 이때까지 모습은 전부 가짜인가? 그게 진짠가 이게 진짠가 혼란스러우리만치 빠른 속도로 변하는 남편을 마주하는 일은 피가 철철 흐르는 영혼의 찔림이었다.

술이 잘 받는 체질도 아니요, 매일 마신다고 음주 기량이 늘지도 않으면서 남편은 퇴근길에 언제나 까만 비닐봉지에 달그락거리며 소주를 사 들고 들어와 정말 매일, 진짜 매일, 마치 세상 끝에서 완전히 망가지기 위해 최선을 다하는 사람처럼 만취했다. 우리의 결혼이 검은 비닐봉지 안에서 흔들흔들 중심을 잃어갔다. 빠른 속도로 급하게 취하고 아무 데서나, 아무렇게나 쓰러져서 잠이 들면 우리의 모든 밤이 먼지처럼 집 안 구석구석에 처박혔다. 물건을 던지고 욕설을 퍼붓지 않아도 그런 모습을 酒邪로 여겼기 때문에 나는 몹시 불행했다.

나는 남편처럼 분노 없는 사람이 못되어 아침이 되면 얼굴을 보는 순간부터 화가 나고 참을 수 없는 원망의 마음은 독을 품은 말이 되어 입 밖으로 나오기 일쑤였다. 잔소리도 하다 보면 길어지고 원망도 하다 보면 느는 것인지 그를 향한 미움과 증오가 어떤 협곡보다 가파르게 굽이쳤다. 멈추지 않았다. 왜냐하면 잘못은 나에게 있지 않으니까. 잘못은 오직 남편에게만 있다는 생각은 신념이 되고 종교가 되었다.

나도 지치고 그도 지쳤다. 아무 말도, 그 어떤 표현도 하지 않는 남편이 점점 참을 수 없이 화가 나고 심지어 죽여 버리고 싶었다. 또 그의 눈앞에서 차라리 내가 죽어버리면 좋겠다는 생각을 매일 했다. 경제적 궁핍은 숨을 쉬지 못하게 목을 조여 오는데 그의 변해 가는 모습은 삶의 전부를 핍절 되게 했다.

갈등은 끝 간데없이 깊어지고 더 이상 결혼을 유지할 자신이 없었다. 헤어질 생각에 골몰하기 시작하자 아이들이 마음에 걸렸다.

아이들이 우리에게 낳아달라고, 세상이 얼마나 재미난 지 한번 살아보겠다고 부탁한 것은 아니지 않은가? 사랑의 결실이자 축복의 증거라고 생각했던 사랑스러운 이 아이들을 어찌하면 좋단 말

　　　　　　　　　　　　　남편의 안간힘

인가, 아이들에게 어떻게 용서받을 수 있단 말인가. 하지만 내 노력으로 무너진 가정을 다시 세울 수 있을 거라는 자신감은 결국 오만함이었다는 것을 뼈저리게 깨닫던 어느 날 아이들을 앉혀놓고 물었다. 아빠와 엄마가 헤어지는 것을 받아들일 수 있겠느냐고, 엄마가 살아야겠다고, 숨을 쉴 수가 없다고.

큰아이는 말없이 내 눈물을 닦아주었고, 작은 아이는 겁에 질린 것처럼 눈물을 흘렸다. 아빠한테 술을 끊고 서로 노력하며 살자고 자기가 잘 말할 테니 헤어지지 말라며 눈물을 뚝뚝 떨구며 울고 있는 아이의 눈동자를 바라보는 일은 칼로 가슴을 도려내는 아픔이었다. 다 큰 아들의 울음이 당황스러웠다. 우리의 헤어짐이 아들에게 이토록 두려운 일일 줄 미처 생각하지 못했다. 그러나 눈물을 삼키며 결국엔 이혼을 결심했다. 아이들에게는 내가 더 잘하리라. 아이들의 상처는 살면서 두고두고 보듬어 주리라 이를 악물었다. 그리고 우리는 이혼을 결정했다. 사람은 결정적인 순간에 참으로 이기적이다. 마치 희생할 것처럼, 다 품을 것처럼 호기롭던 사랑도 포장지가 벗겨지는 순간 이기심의 민낯을 마주하게 된다.

이토록 선하지 못한 이기심의 끝판왕인 내가 그렇게 결정해 버린 것이다. 마치 아이들 인생까지 내 것인 양.

그가 무너지던 날

◇◆◇

우리나라 기후는 더 이상 아름다운 사계절이 아니란 생각이 드는 숨 막히게 덥고 습한 여름날, 나와 남편의 헤어짐이 천천히 진행되고 있던 때였다.

웬일로 술병을 들지 않고 퇴근한 남편이 자기 목덜미를 좀 봐달라고 했다. 직장 동료가 목덜미에 멍울 같은 게 보인다고 하더라면서. 별일은 아니란 듯이 목을 쓱 내밀었다. 낯설었다. 남편의 목을, 아니 그를 제대로 바라본 게 얼마 만인지, 다른 사람 눈에는 보이는 이 작은 멍울이 함께 사는 내 눈엔 보이지 않을 만큼 우리는 이미 멀어진 후였다. 손끝만 닿아도 모든 세포가 깨어나 그를 맞았던 나

남편의 안간힘

의 연애는 어디에도 없었다.

"내가 혹시 뱀파이어면 어쩌려고 목을 내밀어? 아직도 내가 사람으로 보이냐?" 어색한 마음을 농담처럼 흘리며 손을 가져가 그의 목덜미를 만져 보았다. 정말 제법 만져지는 크기였다.

"뭐지 비지 혹인가 안 아파요?"

"글쎄, 특별히 아프지는 않아. 그러니 몰랐지. 가만히 있어도 보일 정도라던데?"

"그러게, 티가 나네. 그나저나 그 여직원은 남의 남자 목덜미를 뭘 그렇게나 열심히, 자세히 쳐다봤대?"

남의 남자라니. 그러면 아직도 그가 내 남자란 생각을 하는 건가? 누군가는 남편을 자세히 보기도 하는구나. 쓸쓸한 생각이 들었다. 자세히 보아야 예쁘다는 시인의 말이 떠올랐다.

"빨리 병원에 가 봐요. 어린애도 아니고 설마 나랑 같이 가려고 생각한 건 아니지?"

별일 아닐 거로 생각했지만 입으로는 내 그럴 줄 알았다는 듯, 뭔가 원인을 다 알고 있는 사람처럼 혀를 끌끌 찼다. 그러게 적당히 좀 하지.

"나 혼자 가? 그냥 가까운 병원 가보면 되겠지?"

그러면 혼자 가지. 내가 당신 엄마냐고, 그리고 가까운 동네 병원 가면 되지. 무슨 중병이었음 하고 바라는 거냐고 핀잔을 주는 것도 잊지 않았다. 나의 친절하지 않은 반응을 그도 당연히 여겼고, 불친절이 매우 정당하다고 생각했기 때문에 가여움이나 미안함 따위는 전혀 없었다.

　의사가 비지 혹이라는 진단을 내렸다. 며칠 약을 먹으면 가라앉을 거라는 처방과 함께 약을 들고 들어와 "나 괜찮대." 라면서 안도의 미소를 짓는 그가 무척 낯설고 어색했다. 오랜 시간 마주 보고 웃지 않았던 이 남자가 나의 어린 날에 바라보기만 해도 설레던 그 사람이 맞나 싶었다. 그가 나에게 사랑을 주기 훨씬 이전의 시간 속에서 나 혼자서 그를 선택해야 하나 말아야 하나 불필요한 고민으로 두근대던 시간이 기억 저편에서 눈물 흘리고 있었다. 그와 나는 자세히 보지 않아서 예쁘지 않았던 풀꽃 같은 시간을 보내고 있었다.

　왜 이렇게 되었을까? 살기 위한 그의 안간힘과 참기 위한 나의 안간힘만이 남아있는 우리 사이의 넓고도 깊은 강을 그저 바라보기만 할 뿐, 할 수 있는 건 아무것도 없었고 아무것도 하지 않았다. 더 이상 미워하지 않기 위해 간신히 숨만 쉬고 있을 뿐 그 강 위에 작은 풀잎 하나를 띄우지 못했다.

　어쩌면 남편을 향한 사랑에는 많은 조건이 있었는지 모르겠다. 그가 가진 여유, 경제적 능력, 반짝반짝 빛나던 외모, 희고 길었던 손가락까지 사랑의 이유였는데 그것들이 사라진 때에 헤어짐을 결심할 만큼이 겨우 내 사랑의 부피와 밀도였는지도.

혹은 줄어들지 않았다. 성실히 꼬박꼬박 약을 먹었음에도 줄어들 기미는 보이지 않고 오히려 조금씩 더 커졌다. 큰 병원으로 가봐야 할까? 조금씩 걱정이 더해지는데 정작 남편은 크게 걱정하는 것 같지 않았다. 그의 그런 여유가 평생 부러웠다. 나는 지금까지 걱정 형 인간으로 살아왔건만 남편은 모든 일에 그다지 큰 걱정을 하지 않는 매우 긍정적인 사람이다. 하지만 미움과 증오가 시작되자 그의 모든 긍정은 무심함과 무덤으로 둔갑해 더욱더 우리 사이 접점 없음의 이유가 되었다. 나는 종교가 있으므로 늘 기도하며 살고 있다고 생각했지만 정작 걱정은 한 조각도 내려놓지 못했다.

종합병원 신경외과에서 진료와 검사를 시작했다. 림프 질환으로 봐야 하는지 인후질환으로 봐야 하는지 병원에서조차 판단하지 못해 일단 예약이 밀리지 않은 신경외과를 선택했다.

CT, MRI 등 모든 검사를 마치고 결과가 나오기를 기다리는 일주일은 마음이 어디에도 정착하지 못하고 둥둥 떠다니는 것 같았다. 큰아이는 군 복무 중이었고 작은 아이는 고3이었던 시기라 집에는 거의 모든 시간 우리 둘만이 함께 할 때여서 정말 오랜만에 마주 앉아 밥을 먹고 이따금 이야기를 나누기도 하였다. 더 이상 사랑하지 않는다고 생각했기에 이혼을 결정했으면서 정작 그가 없는 세상은 상상이 되지 않았다. 갑자기 가슴이 뭔가에 짓눌린 것처럼 두려워지기 시작했다.

결과는 종양이 아닌 흔한 물혹이니 간단한 수술로 깔끔하게 제거하면 된다고 했다. 그러나 담당 의사의 소견으로는 모양과 상태가 암세포와 매우 흡사해서 혹시 몰라 정밀 판독을 의뢰해 두었다는 생색도 함께 전해주었다. 며칠이 지나서, 모양과 상태는 암과 흡사하나 다행히 암은 아니라는 최종 결과여서 혹을 제거하기 위해 빠르게 수술 날짜를 잡았다. 이미 조금씩 커지고 있었기 때문에 더 지켜볼 수도 없는 상황이었다.

간단하다던 수술은 진짜 매우 간단하게 두 시간여 만에 끝이 나고 회복 후 다음 날 바로 퇴원해서 일상으로 돌아왔다. 정말 바로, 이전과 똑같은 일상으로.

남편은 다시 술병을 들고 퇴근했고 퇴원할 때 아무 약도 주지 않았으니, 그것은 술을 마셔도 된다는 의사의 허락과 같은 거라고 해석했다. 술이 좋아서도, 삶이 고달파서도 아닌 그저 잠들기 위한 수단으로 술을 마시는 것 같았다. 이럴 수가 있나 싶도록 일이 잘되어 수입이 엄청났을 때도 왜 돈을 많이 벌고 싶냐고 물어보면 대답하지 않더니 술을 왜 마시는 거냐고 물어도 아무 대답 하지 않았다. 자신의 화려했던 과거를 잊고 싶은 안간힘이었다고 해석한 것도 내 생각일 뿐이었다. 명확한 꿈이나 확실한 계획도 없이 오직 돈만 많은 사람으로 살면 뭐가 좋을까? 가난했던 나는 그럴 수 있지만

남편의 안간힘

부족함이 없었던 그의 이상을 도저히 이해할 수 없었다. 먹어본 사람만이 안다는 그 맛인가. 세상에 몰라도 되는 맛 중의 하나가 탐욕의 맛 아닌가? 끝도 없이 요술램프를 문지르며 사는 그가 딱했지만, 또 철저히 미웠다.

우리는 각자 살집을 알아보는 등 이혼은 예정대로 진행되고 있었다. 사랑이 떠나갈 때는 여름에도 춥다는 걸 느끼면서.

일주일쯤 지났을까, 확연히 보일 만큼 커진 수술 부위는 보는 사람마다 걱정을 쏟아놓게 했다. 게다가 딱딱하게 굳어지고 있었다. 아무래도 뭔가 이상한 것 같다는 지인들의 말에 불안해진 남편이 다시 병원을 찾았다. 의사는 시간이 지나면 가라앉을 테니 크게 걱정할 일은 아니라고 처방 약조차 주지 않으며 우리를 안심시켰다. 그러나 자기의 소견에 세포변형이 시작되었으니 6개월 단위로 꼼꼼하게 체크해야 할 것 같다며 아무 의미 없이 책임감 있는 의사의 태도를 보여 주었다. 그렇게 또 며칠이 지나고 군에 간 큰아들이 휴가를 나와 온 가족이 모인 식사 자리에서 모두 남편의 혹이 갑자기 커진 것에 대해 걱정하느라 편안하지 못한 시간을 보냈다. 군복무 중인 큰아들과 고3인 작은 아들이 아빠를 자세히 본 게 너무 오랜만이라며 수술 부위를 만져 보더니 이건 너무 이상한 일이라고 눈을 떼지 못했고, 조카는 아무래도 잘못된 거 같은데 이모가 그냥 보고만 있으면 어쩌냐고 핀잔을 주었다. 수술 부위는 골프공만 하던 것이 테니스공만 해졌다. 남편은 혹부리 영감처럼 커다란 수술의 흔적을 매달고 일주일을 보냈다. 불과 일주일밖에 지나지 않았다.

병원을 찾아가 모든 검사를 마치고 나니 지혈 인자에 문제가 있어 수술 부위 안쪽에서 피가 굳어지고 있는 것으로 보인다고 했다. 쉽게 말해 안에서 피가 떡처럼 뭉쳐서 단단해지고 있다는 설명이었다. 그럴싸한 진단이고 이론이었다. 남편의 목 언저리는 다시 수술을 통해 굳어진 핏덩이를 긁어내야 했다. 이미 신뢰를 잃은 의사에게 두 번의 수술을 받고 싶지 않다는 남편의 강한 의사 표현으로 지역 내 가장 저명하다는 이비인후과 의사로 담당의가 바뀌었다. 오래 순번을 기다려야 했던 의사로 배정이 그리 빨리 이루어진 것을 보면 남편의 상태가 심각했거나 뭔가 의료과실이 아닌가 하는 생각이 들었지만, 그들의 진단은 확고했고 검사 결과가 명백히 지혈 인자 이상 소견을 가리키고 있었기 때문에 뭐라 이의를 제기하지 못하고 결과에 수긍할 수밖에 없었다. 병원 측에서도 가장 이른 날짜를 섭외하여 수술을 진행하자고 하면서 그렇지만 간단한 수술이라는 설명을 덧붙임으로 우리를 안심시켰다.

두 번째 수술하는 날 아침, 작은아들이 학교에 가기 전 남편과 함께 기도하길 원했다. 이른 아침부터 셋이 앉아 함께 고개를 숙였다. 실로 오랜만이 아닐 수 없었다. 왜 이런 일이 남편에게 일어났는지, 하필 우리가 헤어짐을 준비하던 그 시점이었는지 알 수 없지만 수술이 무사히 끝나고 편안하게 그와 헤어지기를 바랐다. 아들은 아빠를 지켜달라고 기도하고 학교에 갔다. 밤새 뒤척이며 잠을 청하지 못하던 남편도 어린아이처럼 두 손을 모으고 기도했다. 이방인 같았다. 느닷없이 내 시간 속으로 다시 뛰어 들어온 이방인.

보일 듯 말 듯 작은 비지 혹 하나를 제거하고 난지 딱 28일 만이었다. 28일 만에 그의 지혈 인자는 제 기능을 다하지 못하고 목덜미에 테니스공만 한 혹을 선물했다.

병원에 도착해 입원 절차를 마치고 수술에 대한 간단한 설명을 듣고 수술실로 향했다. 남편은 잠시 후에 만나자며 내 손을 꼭 잡고 속삭이듯이 말했다. 수술이 잘돼야 우리가 잘 헤어질 수 있지 않겠냐고.

걱정하지 않았다. 깨끗하게 뭉친 피만 잘 씻어내면 된다고 하니까.

소식을 듣고 병원으로 달려와 준 절친 언니와 함께 병원 지하 식당에서 점심을 먹고 병실 앞 휴게실로 올라와 커피를 마시며 수다를 떨었다. 걱정하지 않았다고 했지만, 그날 언니와 어떤 이야기를 나누었는지 전혀 기억나지 않는다. 오직 두 시간이 빨리 지나가기를 기다렸던 생각만 날 뿐이다. 의료진이 설명했던 두 시간이 지나고도 30분이 흘렀다. 수술의 진행 상태를 알려주는 전광판 속 남편의 이름 앞에 〈수술 중〉이라는 글자가 떠 있었다. 세 시간이 지났다. 약속된 시간이 지나면서부터 가슴이 쿵쾅거리며 불안의 신호를 보내왔다. 호흡이 일정하지 못하고 배가 아픈 것 같았다.

간호사실로 달려가 왜 이렇게 수술이 오래 걸리는지 물어봐도 자기들도 알 수 없으니 기다리라는 대답만 들었을 뿐이었다. 아무에게도 들리지 않겠지만 내 귀에는 점점 크게 들리는 가슴속 방망이질 소리가 밖으로 들릴 것 같아 전광판 앞을 왔다 갔다 하는 것으로 불안함을 감추었다. 남편의 모든 안간힘을 미워하며 살았는데, 그의 안간힘을 아직 용서하지 않았는데, 그래서 이제는 전혀 사랑하지 않는다고 생각했는데, 두려움과 걱정의 쿵쾅대는 소리가 그렇게 선명하게 들려올 줄이야.

"괜찮을 거야. 생각보다 딱딱하게 굳어서 씻어내는 데 오래 걸리나 보네."

나를 안심시키려는 절친 언니의 목소리도 가늘게 떨리고 있었다.

남편이 수술실로 들어간 지 4시간이 지날 즈음 수술실에서 보호자를 찾는다는 전달이 왔다. 수술이 끝나지 않았는데 나를 찾는단다. 그의 보호자. 아직은 아내인 나를.

"수술 중에 무슨 일이 생긴 건가요?"

"저희도 잘…. 빨리 내려가 보세요." 이 말을 남기고 돌아서는 간호사에게 괜찮다는 확답을 듣고 싶어서였는지 한참을 그 자리에

남편의 안간힘

서서 간호사의 발걸음만 바라보았다. 옆에 있던 언니가 정신 차리고 내려가 보자며 내 손을 이끌고 수술실로 내려갔다.

언니가 아무 일도 아닐 거라는 위로를 몇 번이나 건넸지만 그 말이 벌 떼 소리처럼 윙윙거렸다. 나는 몇 번이고 잘못했습니다. 잘못했습니다. 를 반복했는데 누구에게 무엇을 잘못했다는 건지, 신에게인지 남편에게인지는 알 수 없지만 지나온 모든 시간이 전부 내 잘못인 것만 같았다.

수술실 앞에 다다르니 간호사가 나와서 기다리고 있었다. 보호자만 들어오라며 수술실 외부의 문을 열고 좁은 통로를 지나 의사 앞까지 나를 안내해 주었다. 불과 3~4미터밖에 안 되는 좁은 복도였는데 마치 긴 어둠의 터널을 지나고 있는 것처럼 느껴졌다. 의사는 미리 나와서 기다리고 있었고 나와 마주 서자 잠시 머뭇거리다 말문을 열었다.

"종양입니다. 림프종인데 너무 많이 퍼져 있습니다. 검사에서는 분명 보이지 않던 것이 열어보니 신경조직과 근육과 암세포가 서로 뒤엉켜 뭐가 뭔지 알 수 없을 만큼 복잡합니다. 제거하려고 애썼지만 너무 많이 퍼져 있어요. 서로 뒤엉켜있어 구분하기 어려운 상태입니다. 일단 지금은 열어둔 상태라 피만 제거하고 닫겠습니다. 저는 들어가 봐야 해서…. 병실로 올라가서 기다리세요."

암... 암이란다. 그토록 오랜 세월 사랑한 내 남편의 암….

그의 안간힘이 너무 미워서, 증오하고 원망하고 버리고 싶었던 내 남편이 림프암이란다.

다리에 힘이 풀려 주저앉아서 의사의 말을 들었던 것 같기도 하고, 간호사가 주저앉은 나를 부축해서 일으켜 잡아주었던 것 같기도 하고, 벽에 기대었던 것 같기도 한데 그 순간이 통째로 기억에서 사라져 버렸다.

어떻게 나왔는지. 걸어들어갔던 좁은 통로 역시 기억에 남아있지 않다. 밖에서 기다리던 언니가 초조하게 서성이다 나를 보자마자 의사가 뭐라더냐고 묻는 것이 아니라 "괜찮아" 라고 했는데 그 말이 나 괜찮으냐고 물어보는 의문형이었는지 남편이 괜찮을 거라는 위로 형이었는지 잘 모르겠다.

병실로 올라와 침대에 걸터앉아 한참을 가만히 있었다. 그게 얼마간의 시간이었는지, 어떤 마음이었는지 알 수 없는, 꿈속의 환영 같은 장면이다. 나는 울지 않고 그와 사는 동안 그토록 많이 흘렸던 눈물은 다 말라버렸나 싶을 정도로 마음마저 건조해진 것 같았다. 얼마나 지났을까? 두 손을 모으고 창밖 어딘가를 바라보며 나지막이 읊조렸다.

도와주세요. 도와주세요. 지금부터 제가 무엇을 어떻게 해야 하는지 알려주세요.

남편의 안간힘

백만 송이 장미

◇◆◇

남편이 병실로 돌아왔다. 그의 손을 잡고 어떤 위로의 말을 건네기도 전에 수술을 집도했던 이비인후과 의사가 아닌 남편의 작은 비지 혹을 제거했던 신경외과 의사가 병실로 올라왔다. TV에서 보던 것처럼 나에게 먼저 남편의 상황과 상태를 설명하는 것이 아니라 이제 막 수술을 마치고 올라와 간신히 눈을 뜬 남편 앞에서 그의 상태를 다 얘기해 버렸다. 어떻게 할 틈도 없이.

그러면서 처음부터 세포들이 매우 이상했다는 것과 판독 의뢰를 맡겼던 대학병원에서도 몰랐으니 자기의 오진은 아니라는 설명인지 변명인지 알 수 없는 말들을 늘어놓고 어디론가 사라져 버렸다.

침묵, 정적, 그리고 흐느낌.

울지 않으려고, 우는 걸 들키지 않으려고 안간힘을 쓰면서 누워 있는 그의 어깨가 조금씩 떨렸다. 한참을 그대로 바라보다가 그의 손을 잡고 말했다.

"이겨낼 수 있어. 겁먹지 마." 내가 남편에게 건넨 첫마디였고, 남편이 나에게 건넨 첫마디는 "미안하다. 정말 미안해." 였다.

살아오면서 막막한 일은 있었다. 어떡해야 하나, 방법이 없는 건가 라고, 생각했을 때도 어떤 방법으로든 길은 있었다. 정신을 차리고 기도하다 보면 이건 이렇게 할 수 있구나. 저건 저런 방법으로 해결하면 좋겠구나! 하는 지혜가 생겨났다. 삶이 늘 평탄하진 않았지만 그렇다고 항상 어려움만 있는 것도 아니어서 그런 고비 고비를 잘 넘겨가며 지금까지 살아왔다. 어린 시절의 굴곡진 삶은 지렛대가 되어 나를 일으키고 또 일으켜 주었다. 그러나 남편이라는 산을 넘지 못해 결국 헤어지려던 순간, 돌아서려던 순간에, 용서할 겨를도 없이 멈추게 해버린 일이라니. 돌아서서 외면할 수도 없는 남편의 암이라니.

딱히 무슨 말을 하지 못하고 병실에 앉아 있는데 수술을 집도했던 두 명의 의사는 보이지 않고 처음 보는 또 다른 의사가 병실로 들어왔다. 혈액암 전문의이며 남편을 담당하게 된 주치의라고 자신을 소개한 의사는 의사라고 하기엔 너무나 젊고 뛰어난 미모를 가진 여자 의사였다. 그녀는 세 명의 의사 중에서 가장 자세하게 남편의 상태를 설명해 주었다. 남편의 정확한 병명은 [버킷림프종]. 림프종의 종류는 수없이 많은데 그중 한국 사람에게는 흔히 발병되지 않는, 진행 속도가 가장 빠른 림프종이라고 설명하더니 내일 아침부터 당장 항암치료를 시작할 것이라 선포하고 그녀 역시 빠르게 나가버렸다. 남편을 치료하는데 우리의 계획과 생각은 아무것도 묻지 않았고 물었다 한들 우리가 무엇을 어떻게 결정할 수 있었을까.

의사가 나가고 한참을 멍하니 앉아 있다가 손을 잡고 기도를 시작했다. 나의 기도에 그가 동의 하는지, 아니면 다 부질없다고 생각하는지 알 수 없었으나 그때는 기도 말고는 할 수 있는 것이 아무것도 없어서 기도했을 뿐이었다. 걱정의 마음으로 기도를 마치고 나자, 그가 말문을 열었다.

"이 병원에서 치료받고 싶지 않다. 이제 더 이상 이 병원을 신뢰할 수가 없네. 내가 살 수도 죽을 수도 있겠지만 이 병원에서는 싫어. 어디 옮길 수 있는 병원을 알아봐 줄래? 너한테 정말 미안하다."

그렇게 빨리 퍼진다는데, 불과 28일 만에 온 근육과 신경조직까지 다 퍼졌다는데 언제 병원을 알아보고 옮기겠다는 말인가, 어디로 가야 하나.

"왜 의사가 너무 젊고 이뻐서 신뢰가 안 가? 마누라보다 이쁘고 좋지 뭘 그래? 어차피 당신은 살아. 걱정하지 마. 꼭 나을 거야."

"아니, 네가 더 이뻐. 의사가 너보다 이쁘지 않아서 여기서 치료 못 받겠다."

서로 불안과 아픈 마음을 들키지 않으려고 안간힘을 쓰며 웃고 있었다. 쿵 소리를 내며 가슴이 내려앉았다. 평소 남편은 농담을 잘 하지도 않거니와 무엇보다 우리가 그런 대화를 주고받을 만큼 그동안 친하지 않았기 때문에 가슴이 서늘해졌다. 울지 않았는데….

눈물이 났다. 눈물의 정확한 이유는 알 수 없었다.

병실을 나와 휴게실에서 양가 부모님과 언니와 동생, 기도를 부탁할 수 있는 분들에게 전화를 드렸다. 그가 암이라는 것과 혈액암 중에 가장 진행 속도가 빠른 버킷림프종이라는 것, 병원은 내일 당장 치료를 시작하자는데 그가 이 병원을 거부한다는 것 등을 알렸다. 전화를 받고 소식을 들은 모든 사람이 정적과 침묵 또는 뭔가 매끄럽지 않은 위로의 말을 남기고 전화를 끊었다. 그들의 말이 나에게 딱히 위로가 되지는 않았다. 그냥 시간이 지나갔다. 남편의 팔에는 서너 개의 링거줄이 매달리고 그의 침묵과 내 눈물의 밤이 지나갔다.

다음날 치료를 시작하기 위해 여러 가지 검사로 이른 아침부터 간호사들이 남편을 이리저리 옮겨가며 데리고 다니는 사이 나는

남편의 안간힘

여기저기 전화를 걸어 암 치료 전문병원의 상황을 알아보고 여러 사람의 조언을 들었다. 다행히 아버님과 어머님이 좋은 소식을 듣고 오셨다. 아버님 지인의 아들이 암 치료 전문병원에 교수로 재직 중인데, 그곳에 입원할 수 있는 병실이 있으니, 그쪽으로 옮겨와도 좋다는 소식이었다.

다음 날 검사 자료를 전부 가지고 바로 병원을 옮겼다. 남편은 여러 환자가 함께 사용하는 다인실로 입원하게 되었는데 기분이 좀 아프고 아리는 것 같았다. 이전 병원에서 함께 병실을 쓰던 환자들은 전혀 아파 보이지 않던 교통사고 환자와 손목 수술을 마치고 2~3일쯤 입원한 환자, 그리고 다리가 다소 불편해서 입원한 어르신 환자였는데 이곳에 오니 이방 저방 딱 봐도 병색이 완연한 암 환자들뿐이니 자꾸만 남편의 기분을 살피게 되었다.

입원 수속을 마치고 병실로 올라오자 환자 등록을 위해 남편이 간호사실로 간 사이 담당 레지던트가 나를 불렀다. 자료를 보며 정확한 상태와 추가로 검사해야 할 것들을 설명해 준다는 것이었다.

의사 앞에 도착했을 때 그는 어찌나 자료에 몰두해 있는지 이미 도착한 나를 발견하지 못했고 나 또한 의사의 심각한 표정에 두려운 마음이 그를 부르지 못하고 서 있었다.

간호사가 보호자가 왔다고 말하기 전까지 의사는 컴퓨터 화면

속 남편의 자료에서 눈을 떼지 못했다.

함께 자료를 보며 설명하겠다는 의사의 안내에 따라 의사 옆에 마련된 의자에 앉아 검사 자료로 시선을 옮겼다. 잠시 고개를 저으며 한숨을 쉬더니 이내 말문을 열어 설명하기 시작했다.

"이건 남편분의 PET CT(핵의학 촬영검사) 자료입니다. 여기 모든 기관 중에 검게 보이는 건 폐뿐입니다. 다른 곳은 하얗게 보여야 정상이고요. 근데 여기 전부 검게 보이시죠? 이것들 모두 암세포입니다."

의사의 설명대로라면 어딘가 한두 군데쯤은 하얗게 보여야 할 텐데 남편의 자료는 온통 다, 전부 다 폐와 같은 검은색으로 보였다. 대체 어떻게 구분하라는 건지 알 수 없어서

"이렇게 전부 검다는 건 여기까지 다 전이가 됐다는 건가요? 말씀하신 대로라면 이렇게나 온몸에 암세포가 다 퍼져 있다는 건가요?"

"네 그렇습니다. 어느 기관 하나 빼놓지 않고 전부 전이가 됐으며 뼈에까지 전이가 된 상태입니다. 그러니까…. 남편분은 림프암 4기…. 에 해당합니다."

정신이 아뜩해져서 의사가 뒤에 무슨 말인가 더 했는데 비행기를 타고 급히 이륙한 것처럼 말소리가 잘 들리지 않았다. 사람들이 간혹 온몸에 힘이 빠지더란 말을 사용하는 데 나는 그때 그 말

이 얼마나 사치스러운 표현이었는지 알게 되었다. 그걸 느낀다는 것은 이미 사치가 틀림없었다. 의자에 앉은 채로 무너질 것만 같고, 내 몸에서 뜨거운 모든 것이 빠져나가는 것 같았다.

암은 발병된 그 자리에서 다른 기관으로 전이되지 않은 초기부터, 다른 기관 일부로 전이된 2기, 서너 군데로 퍼져나간 3기, 그리고 뼈까지 전이되는 4기, 병원에서 손을 쓸 수 없다는 말기로 구분한다는 것을 알았다. 병원에서도 포기하는 말기가 아니라 그나마 다행인가 싶다가 어떡하지 어떡하지를 반복하는 막막한 시간 앞에서 누군가 내 심장을 종이처럼 구겨서 던져버린 것 같았다. 잘게 찢어져 버린 가슴을 흩어지지 않게 간신히 부여잡고 있는데 병원에서는 그런 걱정이나 푸념할 여유조차 주지 않았다.

골수검사를 마치고 결과가 나오면 바로 항암치료를 시작하겠다고 통보하더니 치료에 따른 여러 가지 부작용과 방법을 설명하기 위해 여기저기로 불러댔다.

하루가 어떻게 지나갔는지 모르게 종일 설명을 듣고 동의서에 서명을 하고 또 했다.

치료에 따른 어떤 상황과 부작용에도 병원 측 치료에 동의하고 병원은 절대 책임지지 않겠음을 허용해 주는 엄청난 권한의 사인이었다. 치료를 받다가 죽음에 이르러도 그것을 허용해 주고 절대 책임을 묻지 않겠다는 사인이니 이 얼마나 무시무시한 허락이냔 말이다. 한 사람의 생명을 책임지지 않겠다는 거래. 그런데 그 거래서에 사인을 하지 않으면 치료는 시작조차 할 수 없는 이상한 거래인 것이다. 나에게 주어졌지만 아무 힘이 없는 권한이고 권력이었다.

병실로 돌아온 남편이 말했다.

"엄청 빠르게 퍼지는 건가 봐. 오늘 밤부터 치료를 시작한대. 어떻게 이렇게 빨리 퍼졌지, 그럴 수가 있나? 이거 수술한 지 이제 한 달쯤 된 거 같은데 참⋯. 뭐 이런 일이 있냐? 그나저나 하루 종일 네가 나보다 더 바쁜 거 같다."

"원래 내가 일생이 당신보다 바쁘잖아. 당신은 왕자고 나는 무수리라 그렇지 뭐. 빨리 치료를 시작하면 빨리 낫겠지."

나는 하루 종일 여기저기로 불려 다니며 바쁘게 사인하고 설명을 들었다. 이제 곧 남편의 몸에 투약하게 될 발음도 어려운 약들과 주로 그 약을 투여했을 때 나타나는 반응과 부작용에 대한 설명이었다. 치료는 모두 6차로 진행될 것이며 한 차수에 보름에서 스무 날 정도 걸리고, 한 차수가 끝나면 집으로 돌아가 기력 회복을 위해 휴식하다가 다시 입원해서 치료하는 방식으로 진행된다는 안내를 받았다.

내가 바쁜 일정을 소화하는 중에 남편의 가슴에는 항암제 투여를 위해 구멍을 뚫어 관을 삽입하는 카테터 시술이 진행되었다.

　　　　　　　　　　　　　　　　남편의 안간힘

병실로 돌아오니 어느새 가슴에 두 가닥의 줄을 매달고 그가 돌아왔다. 흡사 어릴 적에 보았던 노란 기저귀 고무줄처럼 생긴 어린 아이의 새끼손가락만 한 관이었다. 가슴을 뚫어서 삽입하기엔 생각한 것보다 제법 굵은 불그스름하고 푸르스름한 두 가닥의 줄이 문득 남과 북을 상징하는 태극마크 같다는 생각이 들었다. 두 갈래로 들어가는 항암제가 몸 안에서 잘 화합하여 통일을 이루었으면 좋겠다고 했더니 그럼 자기가 국가대표가 된 거냐고 해서 마주 보고 웃었다. 무섭고도 슬픈 마음을 위로하는 불안 속의 위트였다.

그날 밤 병원에서 가장 바쁜 걸음으로 여러 명의 간호사가 남편을 찾아왔다. 팔에 링거 주사액을 꽂고 가는 간호사, 혈압과 체온을 체크하는 간호사, 항암제를 설명하는 간호사.

모두 감정은 없지만 불친절하다고 말할 수도 없는 표정과 손놀림으로 그의 몸에다 이것저것 자신들의 업무를 수행했다. 우리 둘이 사랑하며 서로의 손끝이 스치는 것만으로도 행복하고 두근댔던 그의 몸은 마치 서류가 가득 쌓인 회사원의 책상처럼 여러 간호사의 정확하고 빠른 업무를 위한 서류철이 되어 전혀 소중하지 않게 다루어지고 있는 것을 보면서 존귀한 우리의 몸을 얼마나 애틋하게 살피며 살아야 하는지 반성하게 되었다. 몸에 좋지 않은 것을 뻔히 알면서도 여러 가지 나쁜 습관을 습득해서 아프거나 병들게 하면 안 되는 것이었다. 물론 그런 모든 과정이 속한 우리의 삶이 결코 뜻대로 되는 건 아니지만 그렇다고 해도 우리는 노력해야 한다.

　열심히 운동하고 몸에 해로운 것을 주의하면서 나쁜 습관을 익히지 않는다 해도 누구든 아플 수는 있지만, 그래서 건강이 무너지는 슬픈 현실을 마주할 수 있지만 나에게 맡겨진 중대한 사명처럼 몸과 마음을 아끼고 사랑하는 것에 최선을 다해야 한다는 것을 알았다.

　　　　　　　　　　　　　　　　　　　　　남편의 안간힘

어두운 터널

◇◆◇

첫 번째 항암제가 들어갔다. 이 치료제는 발열과 오한과 경련을 가져올 수 있습니다. 라는 설명은 들었지만, 치료제 투여 후 한 5분쯤 지났을까?

남편의 몸이 파닥거리며 눈이 이상해졌다. 경련, 경련, 이게 경련이라고? 남편은 물에서 건져 내놓은 물고기처럼 펄떡거리며 침대 난간을 넘어올 것 같이 몸을 떨었다. 몸을 떨었다고 표현하는 건, 마치 태풍이 몰아쳐 집채를 다 날렸는데도 그저, 살랑거리는 봄바람이 불어오고 있어요. 라고 표현하는 것과 같았다. 그의 경련은 정말로 무서웠다. 아주 많이.

눈이 뒤집혀 흰자위만 보이며 침대가 제자리에서 한 자나 이동할 만큼 어마어마한 경련을 일으키는 남편을 보는데 걷잡을 수 없이 눈물이 쏟아졌다.

두 손으로 입을 틀어막고 바라보는데 숨을 쉴 수 없고, 두려움이라는 단어로는 표현할 수 없는 무서운 공포가 전류처럼 온몸을 휘감으며 내 몸을 저릿하게 만들었다. 어디서 나타났는지 황급히 달려온 의사가 두세 명, 간호사가 두세 명. 자기들끼리 소란을 피우며 후다닥후다닥 왔다 갔다… 젊은 의사는 침대를 움직이지 않게 잡고 난간을 막아서서 남편의 몸을 잡았고 간호사들은 바쁜 손놀림으로 셀 수 없이 많은 약들을 수액이 연결된 줄에 주삿바늘을 찔러서 넣어댔다. 저렇게나 많은 약을 넣어도 되나, 원래 그런 건가, 다른 환자들도 그렇게 하나? 누가 내 귀에 대고 말하는 것처럼 오만 가지의 생각이 빠르게 지나갔다. 긴장되고 놀라서 얼마쯤의 시간이 지나갔는지도 모르겠다. 뒤집혔던 눈이 편안하게 감겨 진 듯 보이더니 신음처럼 나를 부르는 목소리가 들려왔다.

"나 괜찮아, 괜찮아, 미안해. 미안해."

자기를 바라보며 입을 틀어막고 소리 내지 못하며 무서움에 떨고 있는 내가 보이더라고 했다. 뒤집힌 흰자의 눈에 내가 보였다니…. 그 와중에 입을 틀어막고 울고 있는 나 때문에 나름은 애를 썼다고 했다. 그런데 자기 몸이 말을 듣지 않더라고, 아내의 말대로

남편의 안간힘

내 몸조차 내 맘대로 할 수 있는 게 아니었다는 생각이 들더라고.

30년간 자기의 생각을 절대 말하지 않던 남편이 그런 말을 했다.

매일 술을 마시고 엄청난 양의 담배를 피울 때 당신 몸을 당신이 맘대로 할 수 있을 것 같냐고 늘 잔소리했었는데 엄청난 고통의 순간에 내 말이 생각났다니….

그게 뭐 대수로운 일이냐고 생각하겠지만 남편은 평생 자기 생각을 대부분 말하지 않았다. 그래서 언제나 그의 생각은 나의 짐작이었기 때문에 그가 그런 말을 먼저 했다는 건 나에게 매우 대수로운 일이었다.

그의 경련을 바라보며 이 사람을 버리려고 했던 건 진심이었을까 수많은 물음표가 칼바람을 일으키며 가슴 구석구석을 베던 밤이었다. 그의 첫 변화와 경련을 바라보며 그렇게 첫 번째 밤이 지나갔다.

지난밤이 어떻게 지나갔는지. 공포와 긴장으로 까무룩 하던 밤이 지나고 새벽이 밝아왔다. 병실은 남편 때문에 다른 환자들과 보호자들 모두 잠들지 못하는 밤을 보냈다.

그들이 그런 일을 겪고 있는 우리를 안쓰럽고 안타깝게 생각해줄 상황적, 감정적 동료일 거로 생각한 건 착각이었다. 그들에겐 놀라울 일도, 처음 보는 일도 아니라 그런지 대개의 환자와 보호자들은 까칠하고 예민했다. 그들의 잠 못 든 밤에 대한 눈치와 책임은 고스란히 내가 떠안아야 했다. 소란의 밤이 지나고, 모두가 잠든 새벽까지 그 상황이 서럽고 외로워서 견딜 수 없이 아팠다. 남편이 잠든 걸 확인하고 나면 내 울음소리가 그들의 수면에 방해가 될까, 한 아름 눈치를 가슴에 안고 휴게실로 나와 울며 기도하는 날들이 이어졌다.

지난밤 병마와 싸우는 그의 안간힘을 보았다고 해서 상황이 뚝딱 해결되는 것은 아니었다. 간단하게 제거만 하면 될 것 같았던 작은 비지 혹이 림프암 4기가 되어 돌아온 것은 고작 한 달 만이었고, 단순히 집을 파는 것으로 해결될 부채가 아니었기에 경제적으로 너무나 힘든 상황이었고, 그 어려움을 하루하루 버텨내던 중에 남편의 림프암과 조우하게 되었으므로 치료비용에 대한 걱정은 그를 바라보는 안타까움과 비슷한 무게로 다가왔다. 솔직히 말해서 나에게는 어쩌면 그것이 더 큰 무게였는지도 모르겠다.

어려운 중에도 꼼꼼하게 설계 받아 최소한으로 가입해 두었던 보험은 궁핍의 모퉁이에서 극렬히 싸우던 불과 몇 달 전 하필 대부분 해약해 버렸기에 최소한의 비빌 언덕도 없었다. 나는 회사업무와 병행할 수 있는 다른 일자리를 알아보아야 했다. 정말이지 낭떠러지 끝에 발꿈치까지 밀려 발가락만으로 버티고 있는 것 같은 위태롭고 외로운 날들이었다.

예전에 하던 논술 수업을 다시 해보라는 권유가 있었지만, 아이들의 수업 시간을 남편의 치료 상황과 맞추기가 쉽지 않았다.

여기저기 기웃거리며 찾다 보니 남편이 잠들어 있는 시간에 나가서 몇 시간 일하고 바로 회사로 출근하여 회사 일에도 지장이 없는, 신기하게도 내 상황에 너무나 딱 맞는 일자리를 찾게 되었다. 어려서 엄마를 따라 새벽기도를 다녔을 만큼 평생토록 새벽 5시면 정확하게 일어나고, 알람을 맞추지 않고도 원하는 시간에 일어날 수 있는 특화된 기상 사이클을 가진 사람인 나에게 이렇게나 딱 맞는 일자리를 찾은 것은 말로 설명이 안 되는 기적이었다. 몸이 힘들긴 했지만, 남편을 돌볼 수 있었고 회사에 나갈 수 있었으며 병원비에 조금이나마 보탬이 되는 귀한 일자리가 가슴 벅차게 감사했다.

군에 있던 큰아들이 휴가를 나왔다. 군 복무 중에 아버지의 발병 소식을 접했기에 아들도 나 못지않게 힘들었을 터인데, 언제나 그랬듯 의젓하고 의연했다. 병실에 와서 하루 종일 남편을 살피고 기도하며 시간을 보냈다. 남편 앞에서 눈물을 보이진 않았지만, 아들의 심정도 우리 부부 못지않게 복잡해 보였다. 후에 아들이 말하기를 경제적으로나 상황적으로 도움이 될 수 없는 자신의 처지가 답답했다고 했다. 그런 아들들과 남편과 나의 마음이 모여 우리가 처음처럼 다시 사랑할 수 있게 된 건지도 모른다. 금이 가다가 기어이 산산조각이 날 것 같았던 우리 가정이 붕괴 직전에 극적으로 화합하게 된 기적이 일어난 것이다.

한 친구에게 어쩌면 이 일은 참으로 다행이라고 했더니

"그래서 암에 걸린 게 다행이라는 거야? 착하고 성실한 너희 가족에게 이런 시련이 다행이라니 그게 말이 되니?"

"응. 두고 봐. 말이 될 거야. 이 사람은 꼭 나을 거거든. 난 그렇게 믿고 있어. 물을 엎질렀는데 잘 닦아서 이전보다 더 깨끗해진다면 나쁘지 않은 경우라고 생각해."

어디서 그런 긍정의 자신감과 믿음이 생긴 것인지 알 수 없지만 나는 그가 살 수 있다고 확신했다.

언니와 동생, 사랑하는 부모님 그리고 친구들, 그의 지인들, 기도의 공동체인 목사님과 사모님, 교우들의 발걸음이 이어졌다. 남편의 암은 나와 아이들뿐 아니라 주변 모든 사람에게 충격이고 슬픔이었다.

부모님께서 다녀가시던 날 병원 로비로 배웅 나간 내 앞에서 엄마는 눈물을 흘리셨다. 지척에 살고 계시는 부모님의 눈에 우리 부부의 깊은 갈등이 전혀 안 보였을 리 없고, 절대 아무 문제 없는 척 연기할 수 있을 만큼의 갈등이 아니었기에 부모님께는 이미 상처를 안겨드리고 있던 차에 또 한 번 가슴에 큰 슬픔을 안겨드리니 이런 불효가 있을까 싶었다.

"아버지, 저 괜찮아요." 라고 말하는 나를 향해 "내가 너 때문에 정말 속상해서…."

　　　　　　　　　　　남편의 안간힘

아버지마저 끝내 눈물을 보이셨다. 그랬다. 부모님은 삶과 죽음의 문턱에 서 있는 아픈 사위보다 그간 고생한, 그리고 앞으로 고생할 당신 딸을 더 가슴 아파하셨다. 사람 마음이라는 게 이렇듯 순리대로 설명이 안 되는 것이다.

남편은 간호사들에게 인기가 많았다. 까칠하고 예민한 환자들 사이에서 너그럽고 짜증이 없는 남편은 간호사들이 저마다 담당하고 싶은 환자가 되었다고 한 간호사가 들어와서 전해주었다. 그는 간호사들의 실수에도 항상 너그러웠고 한 번도 그들의 손을 빌려 불편을 해소한 일 없이 혼자 감당했다. 물론 내가 거의 모든 시간 남편을 돌보긴 했지만 움직일 수만 있다면 최대한 간호사나 의사를 배려했다. 그러니 좋아할 수밖에. 그들에게 아버지처럼, 삼촌처럼 편안한 사람이 된 남편은 원래. 그런 사람이었다.

하루는 내가 잠시 자리를 비운 사이 어딜 나갔는지 보이지 않고, 베게 위엔 밤새 빠져버린 한 움큼이나 되는 그의 머리카락이 흩어져 있었다. 드디어 머리카락이 빠지는구나. 빠져버린 그의 머리카락을 바라보는 내 마음도 함께 어딘가로 빠져서 허우적거렸다.

미용 봉사를 신청해 머리를 정리하고 햇살을 받으며 복도를 걸어오는 그를 바라보는데 뭔가 뜨거운 것이 속에서 자꾸만 울컥울컥 넘어왔다

"당신은 얼굴만 작은 게 아니라 머리통도 작구나. 이러니 내가 앞에 서 있으면 당신 얼굴이 한 점도 안보이지 쯧, 이런…"

나의 농담에 그가 괜찮냐고, 봐줄 만하냐고 머리를 쓱쓱 문지르며 웃었다.

우리에겐 절망과 고통의 순간에 웃기도 하는 아이러니가 있다. 슬픔을 농담할 수 있는 여유도 있다. 살아오는 동안 쌓인 인생의 내공이 아닐까. 나는 우리의 농담을 사랑했고 감사했다.

그렇게 그는 하루하루 새로운 항암제에 적응 해갔다. 어느 날은 곧 무슨 일이 일어날 것만 같은 발열로, 어느 날은 아무것도 먹을 수 없는 구토로, 또 어느 날은 극심한 경련과 심한 오한으로 찾아왔다.

생각해 보면 결혼 후 남편의 감기를 경험한 적이 없고 음식을 먹은 후 소화과정이 불량한 것을 본 적이 없는데 정말 없었던 것인지 다소 불편해도 말하지 않은 건지는 잘 모르겠다. 그랬던 남편이기에 치료 중에 나타난 모든 반응은 정말 생소하고 놀라웠다.

놀랍고 무서운 반응을 겪으면서 그나마 남편에게 혈압이나 당뇨 같은 기저질환이 없다는 것은 무척 다행이고 감사한 일이었다. 기저질환이 있었다면 두세 배로 힘든 치료가 됐을 거라는 의사의 설명이 너무나 알아듣기 쉬운 원리여서 그 또한 얼마나 감사의 기도가 절로 나오는 일이었는지 모른다. 그렇게 처절한 순간에도 감사

남편의 안간힘

할 일은 날마다, 매 순간 있었다.

고통 중에 있는 남편 곁을 한시도 떠나지 않고 보살피다가 고통의 순간이 지나가면 함께 손을 맞잡고 기도하는 하루하루를 보냈다. 그런데 참, 사람이란 게 처음에는 그런 그를 뒤로하고 병실을 비울 수가 없던 마음이 이제 일도 해야 하고 일상으로 돌아와 먹고 살아야 하는 문제에 부딪히니 어쩔 수 없이 남편 혼자서 견뎌야 하는 날들이 많아졌다.

남편의 투병도 치열했고, 살아내야 하는 내 삶도 치열했다.

새벽이 되면 고통 중에 간신히 잠든 남편을 두고 출근을 서둘렀다. 병원에서의 잠자리는 몹시 불편했고 고3인 작은아들에게도 여간 마음이 쓰이는 게 아니었다. 새벽일이 끝나면 회사에 출근해서 커리어우먼으로 변신해야 했다. 인생의 거친 풍랑 앞에서 단 한 번의 넘어짐도 용납하지 않겠다는 의지가 용을 썼다. 새벽일을 마치고, 회사 일을 감당하고 집으로 달려가 아이의 끼니를 챙겨놓고 다시 병원으로 가서 남편의 항암제 투약 과정을 지켜보고, 또 일주일에 한 번은 암 환자를 위한 식이요법과 필요한 정보를 알려주는 보호자 교육을 들어야 했다. 바쁘고 힘들다는 생각도 하지 못할 만큼 시간은 정신없이 지나가고 할 수만 있다면 분신술이라도 쓰고 싶은 심정이었다.

한 회차의 치료를 마치고 집으로 돌아오면 잘 먹여야 하고 잘 쉬게 하고, 계속 조마조마한 마음으로 살펴야 했다. 혹시라도 열이 나면 당장 병원으로 달려가야 하는 긴장이 마치 태어날 때부터 내 몸에 있던 어떤 기능 같았다. 남편이 겪고 있는 혈액암은 날것을 절대 먹으면 안 되어서 조리 시 모든 걸 반드시 익혀야만 했다. 간장도 끓여야 하고 파와 마늘도 익힌 후에 조리해야 했다. 나물을 무칠 때도 서너 번의 손이 더 가야 하는 조리였다. 게다가 구토를 유발하는 항암치료는 대개 환자들의 식욕을 억제하기 때문에 어떤 음식도 맛있게 먹지 못했다. 언니와 동생이 가끔 먹을 만한 반찬을 해다 주려고 했지만 무엇을 어떻게 조리해야 할지 몰라 돕지 못하는 그녀들의 동동거리는 마음이 나에게 전해져 누구에게도 절대 힘들다는 말을 더욱 할 수가 없었다. 힘들다고 말하는 순간 이것은 남편과 나의 투병이 아니라 가족 모두의 투병이겠구나 생각하니 누구에게도 나의 안간힘을 보일 수가 없었다.

무엇보다 그 뜨거운 여름날엔 이게 항암치료의 부작용인가 싶도록 더위를 느끼지 못하는 남편 때문에 아이들과 나는 절대로 에어컨을 틀 수 없고 선풍기 바람의 혜택을 누리지 못했다. 행여 감기라도 걸릴까 노심초사하면서 숨 막히는 더위를 고스란히 견뎌내야 했다. 집안에는 식기류며 수건, 그에게 닿는 것 전부를 소독하느라 삶아대는데 인공 바람의 친절은 기대할 수 없었으니 단언컨대 나는 그 여름의 더위가 가장 힘들었다고 말할 수 있다. 정말이지 미칠

남편의 안간힘

것 같이 더워서 숨이 막혔다. 매일 밤 샤워를 할 때면 욕실 바닥에 주저앉아 물소리에 내 울음소리가 묻히는 틈을 타 소리 내 엉엉 울었다. 바닥에 엎드려 아이처럼 발을 동동 구르며 울었다. 천정을 바라보고 가슴을 치며 울었다. 아버지, 아버지···. 머리를 바닥에 찍어가며 하염없이 울었다. 온몸에서 피가 철철 흐르는 것처럼 처절하고 외로운 날들이었다. 앞이 보이지 않는 춥고, 습기 찬 하수구에서 발가벗고 서 있는 기분이었다.

그래도 정말 다행이고 감사한 것은 남편은 비교적 해주는 모든 음식을 잘 먹었다. 아니 그러려고 노력했다. 물론 보험 적용을 받을 수 없는 구토 억제 패치를 붙이긴 했지만, 그의 식사는 정말이지 기적에 가까웠다. 암은 치료를 못해서 죽는 것이 아니라 먹지 못해 죽음에 이르는 병이란 걸 의사와 보호자는 알고 있기에 그가 보여주는 노력은 그 자체가 사랑이고 기적이었다.

그는 지나온 모든 시간이 나와 아이들에게 미안해서 먹었다. 죽음이 두려워서 먹는 게 아니었다. 이상하리만치 평온한 그는 죽음을 두려워하지 않았다. 그러나 더 이상 나를 아프게 하지 않으려고 작정한 사람처럼 먹기를 애썼다. 그에게 식사는 살기 위해서가 아니라 그런 의미였다. 내가 그것을 충분히 알 수 있었다.

석양에 물들다

한 회차를 마치고 퇴원이 다가오면 남편은 항상 내 기분을 살폈다. 의료비 특례 적용을 받는다 해도 수백만 원에 이르는 병원비 정산을 앞두고 고민하는 나를 바라보는 그의 시선이 똥 마려운 강아지처럼 끙끙거리고 있다는 것을 너무 명백하게 알 수 있던 날에, 환자들의 가슴에 심는 카테터 관 설명 자료를 만드는 기획팀에서 우리를 찾아왔다. 자료에 삽입할 사진이 필요한데 말하자면, 모델이 되어줄 수 있냐는 제안을 해 온 것이다. 아마도 남편이 다른 환자들과 달리 예민하지 않고 힘들어도 드러내지 않으며 성품이 온순하다는 것을 그들도 이미 다 파악했을 터. 그런 이유임을 뻔히 알면서

남편의 안간힘

도 우리 가족은 모두 남편의 얼굴이 작고 생김이 수려하며 무엇보다 사진을 찍어야 할 몸이 뚱뚱하거나 마르지 않은 적당한 체형이어야 하기 때문이라며 마치 대작 영화에 캐스팅이라도 된 양 엄지를 치켜세웠다. 가족들은 정말 그렇게 생각한 것 같았다. 하지만 며칠간 1인 병실을 초과 금액 없이 사용할 수 있는 조건이 그가 제안을 수락하게 된 이유였음을 나는 알고 있었다. 그래도 내키지 않으면 하지 않아도 된다고 말했더니 내키고 안 내키고가 어디 있냐며, 자기가 아니라 내가 며칠은 훨씬 더 편히 지낼 수 있는 1인 병실이 어디냐며, 이런 기회가 아무에게나 오냐고 너스레를 떨었다.

절망 가운데서도 항상 희망의 불씨는 있었다. 너무 작아서 불이 붙기는 할까, 의심만 하지 않으면 된다. 열심히 부채질하다 보면 어느 날 바람을 탄 불꽃이 찬란하게 피어오르리란 내 치열한 삶의 방식이었다.

남편의 치료는 회차가 거듭될수록 점점 더 힘들어지고 새로운 반응이 더해졌다. 이제 얼굴을 제외한 온몸은 붉은색의 두드러기가 퍼지면서 가려움에 몸을 데굴데굴 굴렀다. 매일 공급받는 수혈로 타인의 혈액에 의존해 새 생명을 얻기 위한 몸의 반응이었다. 가려움증 완화 약을 먹고 연고를 온몸에 발라도 소용없었다. 견딜 수 없는 가려움에 그가 미쳐가는 것처럼 보였다. 그 어떤 고통보다 가려움의 고통은 사람을 미치게 했다. 내가 없을 땐 얼마나 자기 몸을 긁어댔는지 그의 피부는 긁은 자국에 피멍이 들고 백혈구는 정상 수치가 아니었으므로 그 피멍을 회복해 내지 못했다. 나는 새벽부터 저녁까지 회사로 병원으로 왔다 갔다 하느라 남편의 몸에 생긴 피멍이 긁어서 생긴 상처라는 걸 전혀 몰랐다. 알았다고 한들 어찌 감히 그 고통의 정도를 가늠할 수 있으며, 그 아픔을 아무리 공감한다고 해도 마음만 부서질 뿐 내가 그를 위해 무엇을 해줄 수 있었겠는가.

그야말로 삶과 죽음의 경계에 선 남편의 사투는 신이 아니고는 함께 감당해 줄 수 없는 고통이었다. 우리는 이 고통이 최대한 빠르게 지나갈 것을 간절히 기도할 뿐이었다.

발진과 가려움의 원인은 백혈구 수치가 떨어지면서 면역이 제 기능의 다하지 못하기 때문인데 우리 몸에 있어야 할 백혈구의 정상 수치는 1마이크로리터(μL)당 4,000-11,000개인데, 남편은 500개에 미치지 못하니 여러 가지 고통의 발현으로 결국 1인실로 옮기게 되었다. 1인실로 옮긴다는 건 면역 상태가 좋지 않다는 신호지만 오히려 우리에겐 더 편안함을 주는 모순이 있었다.

우선 다인실에 있는 것보다 드나들기가 편하고, 간호사들도 자주 남편을 살펴주니 내가 자리를 비움에 있어 한결 마음이 편했다. 모든 수치가 떨어지니 간호사들도 더 긴장하며 살펴야 했겠지만,

남편의 안간힘

처음엔 그저 친절도 불친절도 아닌 태도로 의무적이었던 그들이 이젠 따뜻한 손길로 남편을 살갑게 대하고 쉬는 시간이면 우정 찾아와 이야기도 나누며 벗이 되어주니 그의 외로운 싸움에 조금이나마 위로가 되었을 것으로 생각했다.

내가 곧 지쳐 쓰러질 것 같을 때면 신기하게도 그렇게 1인실로 옮겨서 며칠을 보내곤 했는데 다행히 백혈구 수치 저하로 인한 1인실로의 이동은 병실 사용료도 과금 되지 않아서 우리에겐 마치 보라카이 해변에서 보내는 휴가와도 같았다. 그럴 때면 남편은 나를 군 복무 중인 큰아이에게 면회도 다녀오게 해주어 나는 그리웠던 아들을 찾아가 친구이자 오빠 같은 아들 품에 안겨 펑펑 울다 돌아오곤 했다. 그렇게 쉴 수 있는 때가 있었고, 어려운 가운데 피할 길도 생겼다.

가을이 지나고 겨울이 왔다. 몸이 몇 개여도 부족할 만큼 감당할 일은 많은데 단 하나도 대신해 줄 사람이 없었다. 새벽 4시에 나가 하루를 시작하는 일과가 너무 서글프고 육체적으로도 매우 힘들었기에 그저 단 며칠, 편히 잘 수만 있다면 더 이상의 소원은 없을 것 같았다. 한참을 망설이다가 어머님께 딱 3일만 아들 곁을 나 대신 지켜주실 수 있냐고 부탁을 드렸는데 이럴 수가!

어머님은 단칼에 거절하셨다. 어머님의 거절에 내 마음은 가본

적 없는 시베리아 벌판의 살을 에는 바람과 마주했고 남편의 친엄마가 아닌가 하는 어처구니없는 생각이 잠깐씩 들면서 엄마의 마음이 어떤 마음이면 거절하실 수 있는 건가. 만 가지의 생각과 감정들이 생겼는데 그 감정들 사이로 가장 확실한 감정이 생겨났다. 연민.

남편을 향해 처음으로 연민의 감정이 생기자 그토록 나를 외롭게 했던 그의 안간힘을 용서하고 싶어졌다. 그의 안간힘이 왜 시작되었는지 깊이 생각해 보게 되는 어머님의 거절이었다.

며칠 후 어머님은 거절이 미안하셨는지 원래 계획이 있으셨는지는 모르겠지만 꽤 큰 금액의 돈을 보내주셨다. 그제야 나는 알았다. 그렇게 힘든 일과를 보내고도 잠을 이루지 못하고 뜬눈으로 지새운 불면의 밤들은 치료비 걱정과 경제적 무게에서 오는 짓눌림이었다는 것을.

통장에 찍힌 어머님의 미안함 덕분에 불편한 병원에서의 쪽잠이 그렇게도 달고 맛있을 수가 없었다. 이번 차수의 퇴원비 정산은 걱정 없겠다고 생각하니 꿀 같은 단잠이 쏟아졌다.

그 일을 계기로 이제 밤 9시쯤 남편이 잠들 시간이 되면 함께 기도한 후 집으로 돌아와 편한 잠자리를 누릴 수 있게 되었고, 남편은 혼자서 밤을 보내게 되었다. 먼저 제안하지 않았다면 생각도 못 했을 남편의 배려였다. 어머님의 거절이 분명 나 못지않게 서운했을 텐데 그는 많은 생각 속에서 살아내기 위해 발버둥 치는 아내의 안간힘을 보게 된 것이리라. 여러 가지로 어머님의 거절이 우리에겐 전화위복의 계기가 되었다. 오래 서운할 수도 있는 일이었지만 남편과 나는 그렇게 생각하지 않았다.

불 꺼진 집에 혼자 들어오는 일 또한 익숙해지기 시작했다. 자정이 되어야 돌아오는 고3의 아들을 기다리는 시간은 쓸쓸했지만, 마음껏 울기도 하고, 소리 내어 기도 할 수 있는 귀한 시간이었다. 열심히 고3을 버텨내고 있는 아들을 바라보는 것만으로도 위로가 되었고, 병원에 있는 남편에게는 그의 친구가 된 간호사들이 있어서 내가 누리는 평화가 사치와 호사에 가깝다고 여겨질 정도였다.

그렇게 1차, 2차, 3차 치료가 끝나자, 계절은 어느덧 쓸쓸한 바람과 시린 가슴의 겨울 한복판에 다다랐다. 하지만 우리는 함께하는 것들이 많아지면서 연애와 기도의 봄날을 맞이했다.

그즈음 서너 명의 담당 의사가 4차부터 진행되는 항암제에 대한 설명과 4차부터 6차까지를 지켜본 후 조혈모세포이식을 진행하는 것이 좋을 것 같다며 새로운 치료를 제안했다. 새로운 치료는 고통과 비용의 정비례를 가져다주었으므로 의사의 제안을 선뜻 받아들이지 못하고 망설임이 길어졌다. 어떻게 하는 것이 최선의 방법인지 알 수 없어 쉽게 결론을 내리지 못했다.

조혈 모세포 이식에는 자가 이식과 동종 이식의 두 가지 방법이 있는데 두 가지 방법이 다 위험 요소가 있었다. 자기 세포를 모아 이식하는 자가 이식은 세포가 이미 암이 발병했던 사실을 기억하고 있다는 어려움이 있고, 동종 이식은 다른 사람의 세포를 이식받아 자기 것처럼 자리를 잡아야 한다니 그 역시 어려움이 있는 치료라서 어떤 선택이 가장 현명하고 안전한 것인지 알 수 없었다. 게다가 남편은 항문이 다 빠져버리는 고통이 나타나기 시작해 날마다 화장실에서 엉금엉금 기어 나와 차라리 죽는 것이 낫겠다고 아이처럼 눈물을 흘리며 고통을 호소했다.

"정말 너무 아파…"라며 어린아이처럼 눈물 콧물을 흘리며 무릎으로 기어다니는 그의 끔찍한 고통을 날마다 보고만 있어야 했다. 그것은 앉지도 눕지도 서 있지도 못하는 고통이었다. 이제 이 정도의 고통이라면 더 이상 어떤 치료도 할 수 없지 않을까? 모든 치료를 멈추어야 하는 게 아닌가? 하는 생각에 이르렀다.

그는 제대로 먹지 못했고, 온몸은 긁어서 피멍이 들었으며, 항문이 빠져나와 버린 고통이 수반되어 간신히 먹을 수 있다고 해도 배설하지 못하는 몇 겹에 이르는 고통이었다. 우리가 잘 먹고 잘 자고 잘 배설하는 일, 감사로 느끼지 못했던 당연한 모든 일상이 결코 당연한 것이 아님을 느끼는 시간이었다.

그저 죽지 않을 만큼만이라도 먹고, 쓰러지지 않을 만큼이라도

남편의 안간힘

자고, 견딜 수 있을 만큼만이라도 배설할 수 있기를 간절히 원했다. 그 고통의 시간을 지나오면서 훗날 건강을 회복하게 되면 이 모든 시간을 절대 잊지 말고 기억하자. 기억해서 감사하며 살자고 날마다 다짐했다. 그러나 우리는 훗날 잊기도 했고…. 정말 잊었다. 사람의 얄팍한 마음이 눈에 다 보일 지경이었다.

청춘의 푸르른 날에 내 눈물을 외면한 채 혼신의 힘을 다해 집을 빠져나가던 그를 다시 사랑해야 하는 열병 같은 나의 하루하루.

호중구, 백혈구, 혈소판, 혈색소 등의 모든 수치가 불안정해서 매일 두 팩의 혈액을 수혈받아야만 살 수 있는 남편의 하루하루.

우리 두 사람의 매일은 그렇게 또 치열했다.

거기다 예전 같지 않게 헌혈인구가 많이 줄어서 환자들이 필요한 때에 혈액을 공급받지 못하는 경우가 있었는데 남편이 하루라도 혈액을 공급받지 못할까 봐 노심초사하는 날이 이어졌다. 여러 가지 이유로 혈액 공급이 원활하지 않았지만 우리는 그때에도 여러 곳에서 도움의 손길을 경험하였다. 우선 군에 있는 큰아들의 동료 병사들이 헌혈로 도움을 이어주었다. 병사들이 보낸 헌혈증 한 장으로 한 팩의 혈액을 공급받을 수 있었기에 비용 걱정 없이 수혈의 문제가 해결되었다.

설날이나 추석 같은 긴 연휴가 있는 날에는 지정 헌혈(병원과 환자 이름을 지정하여 헌혈하는 방식)로 조카들과 직장 동료의 아들,

선배들의 딸, 친구들까지 남편을 위해 자신들의 혈액을 나누어 주었다. 홍반장의 치열했던 삶이 전혀 헛되지 않았음을 알게 된 시간이었다. 그래서 나는 누구를 만나든지, 어떤 자리에서든지 일단은 열심히 살아놓고 볼 일이라는 명언을 남발하며 다녔다.

봄이 왔다. 남편은 조혈 모세포 이식을 결정하고 건강보험심사평가원의 승인을 기다리고 있었다. 이 치료가 환자의 회복을 위해 꼭 필요한 치료라고 승인되면 비용을 반으로 줄일 수 있다고 했다.

이제 호중구가 안정적이고 컨디션이 좋은 날엔 혈액 채취실로 들어가 하루 종일 자기 혈액을 모으기 시작했다. 하루 종일이 걸리는 그 시간에 혈액을 모은다는 것이 어떤 방식인지 알 수 없었지만, 남편은 아침 식사를 마치고 들어가면 오후 대여섯 시가 되어야 돌아왔다.

식사도 하지 못하고 움직이지 못하고 하루 종일 세포 이식에 필요한 혈액을 모으는 일은 무척 힘들었다. 그러나 단 한마디 힘들다 불평하지 않고 짜증을 내거나 예민한 적도 없었으니 그야말로 그의 성품이 빛을 발하는 모든 순간을 병원에서 경험하였고 나 따위가 견줄 수 없을 만큼 훌륭한 성품의 사람이란 것도 알았다. 그의 성품은 흐르는 강물 위로 반짝반짝 빛을 내며 떨어지는 윤슬 같다는 담당 간호사의 말이 내 마음을 위로하게 될 줄이야.

다른 환자는 이틀 정도면 이식할 만한 양의 혈액을 모을 수 있어서 혹시 몰라 두세 번 할 수 있을 정도의 양을 넉넉하게 모아둔다는데 남편은 하루 종일 모아도 아주 조금씩밖에 모이지 않아서 며칠을 해야 최소한의 혈액이 모일 뿐이라는 의사의 전언이 있었다. 더군다나 몸의 모든 수치가 최상의 컨디션으로 안정적인 날에만 진행할 수 있어서 여간 어려운 일이 아니었고 그러니 당연히 오랜 기간이 걸릴 수밖에 없었다.

긴 날이 소요되면서 그는 많이 힘들어했다. 반면 그가 하루종일 혈액 채취실에서 보내는 시간으로 인해 나는 오히려 여유와 쉼의 시간을 얻게 되었다. 남편의 침상에서 정신없이 낮잠에 취하기도 했다. 의사나 간호사가 보았다면 천하 태평스러운 아내가 힘든 치료 과정을 겪고 있는 남편의 침상에 누워 늘어지게 낮잠이나 자는 것으로 보일 수도 있겠다는 생각이 들어서 돌아누울 때마다 피식피식 웃음이 나곤 했지만 그 누구도, 그 어떤 것도 밀려오는 내 잠을 방해하지 못했다. 보호자도 한두 번은 영양제가 든 링거를 맞는다데 그 흔한 링거 한 병 맞지 않고도 쓰러지지 않았으며 새벽부터 일하고 남편을 돌보고 아이를 챙기는 무쇠 팔 무쇠 다리의 여전사로 등극해 버리는 기록을 세웠다. 너도 영양제라도 하나 맞으렴. 하고 아무도 말해주지 않았고, 다른 보호자들이 영양제 맞는다는 얘기를 들으면서도 나조차 나에겐 해당하지 않는 먼 나라 얘긴 줄 알았다. 나를 보살피는 방법을 알지 못했기 때문이 아니었을까? 그러나 아무도 염려하지 않을 만큼 씩씩하게 버텨낸 건 숨조차 쉴 수 없이 힘들었던 지난 시간의 훈련 덕분이었을 것이다.

어느 날 옆 병실의 보호자가 자기는 하루 종일 남편만 돌보는데도 자기 남편에게 섬망 증상이 생기기 시작했다고 했다. 근데 어쩜 새댁은 그렇게 바쁜데 남편은 저렇게나 잘 견디고 있냐고. (그 와중에 오십을 바라보는 나에게 새댁이라니. 지쳐도 늙지 않는 동안의 비결까지 내가 보유하고 있는 기술인가? 착각도 위로가 되는 순간이었다) 며칠이 지나 우리 병실에도 섬망증 환자가 생겼다. 그 섬망의 공포를 목격하게 된 날을 잊을 수가 없다.

IT업계 중소기업을 운영하고 있다는 그 사람은 나와 비슷한 연배의 남자였는데 자신이 매일 출근해서 회사 일을 처리해야 한다는 강박이 점점 심해지더니 급기야 환자복을 벗어 던지고 입원할 때 입고 왔던 양복을 꺼내입고서 바쁘게 병실을 빠져나갔다. 외출에서 돌아온 그 남자는 청년인 자기 아들조차 제어할 수 없을 만큼 난폭하게 난동을 부렸다. 링거를 뽑아버리고 볼펜을 들어 간호사를 위협했다. 보안요원들이 올라오고 체격이 좋은 남자 간호사의 위력에 제압당해 병원 복도에 피를 흘리며 현실의 상황과 자신의 과거를 구분하지 못했다.

그 남자가 1인실로 격리되고 나자, 남편의 짐을 챙겨가기 위해 그의 아내가 병실을 찾아왔다. 우리는 그녀를 처음 보았다. 아들들이 교대 해가며 남자의 곁을 지켰을 뿐 아내가 병원에 온 건 처음이어서 우리는 그 부부의 관계가 좋지 않음을 알 수 있었는데 그날 남편이 나에게 이런 말을 했다.

"그동안 나 때문에 많이 외로웠을 텐데 떠나지 않고 곁에 있어줘서 고맙다. 네가 없었다면 아마 너무 무서웠을 거야." 라는 손발 오그라드는 역사적인 고백.

자신의 지난날을 후회하고, 가족에게 미안해하는 무거운 진심의 사죄였다.

그런 섬망 증상은 조혈 모세포 이식을 위해 무균실로 들어가는 남편에게도 나타날 수 있는 증상이라는 담당 의사의 고지가 있었다. 혈액을 모으는 동안 정신과 교수의 진료까지 함께 받곤 했는데 바로 그런 이유 때문이었다.

남편의 투병 기간에 항암일지를 기록한 것은 비단 내 남편뿐만 아니라 병원에서 만난 많은 암 환자의 쾌유를 비는 마음이었다. 우리 병실에서 가장 오래 입원해 백혈병과 싸우고 있던 스물여덟 살의 청년과, 한시도 곁을 떠나지 못하며 아들을 간병하던 청년의 지친 엄마를 위해 기도했던 날의 기록, 코드 레드 방송이 울려 퍼질 때, 이름과 얼굴은 알지 못하지만 위급한 상황의 환자를 위해 간절히 기도했던 날의 기록, 허리에 암이 생겨 움직이지 못하는 남편의 대소변을 치워가며 다른 환자들의 눈치를 봐야 했던 바로 옆자리 환자 아내를 위해 두 손을 모았던 순간의 기록, 같은 질병으로 투병 중인 환자들을 위해 남편과 함께 진심으로 눈물을 흘리며 고개를 숙였던 병원에서의 날들.

나와 내 가족이 아닌 다른 이들을 위해 진심으로 기도하는 마음을 갖게 한, 기도의 지경이 넓어진 시간이었다.

그야말로 외로움과 감사, 고통과 평안, 처절함과 안식의 감정이 공존하는 성장의 시간이었다.

사람은 처절한 순간에도 반드시 성장할 수 있다. 원망과 낙심의 마음을 갖지 않는다면 주위를 둘러보는 따뜻한 시선과 안목을 얻게 되기 때문이다.

수차례에 걸쳐 세포 이식에 필요한 혈액을 모으고 나니 본격적으로 이식 절차가 시작되었다. 약 5개 과의 전문의들이 함께 모여 이식에 따른 치료 방법과 나타날 증상에 대한 논의, 부작용 등에 관한 협진이었다.

여름은 가고 낙엽이 바스스 소리를 내며 뒹구는 시몬의 계절 가을이 왔다.

남편은 이식을 위해 1인 무균실로 들어가 이 계절을 보내게 된다. 외출할 수 없고 하늘을 볼 수 없으며 혼자 침대에 누워 생명 연

남편의 안간힘

장의 안간힘을 쓰게 될 것이다.

마음대로 움직이지 못할 답답함과 마주하게 될 것이다. 높고 푸른 가을 하늘이 궁금해질 것이다. 하루에 한 번, 단 한 사람만 면회할 수 있으므로 사람이 그리울 것이다. 혼자 기도해야 할 것이다. 눈물을 참아야 할 것이다.

또 고독에서 오는 섬망증, 움직일 수 없으므로 운동 부족에서 오는 근무력증, 그로 인한 팔과 다리의 지지 능력 저하, 피부색이 검게 변한다는 흑색 극세포증과 치아가 빠질 수 있는 경우와 피부발진의 장기화에 대한 교육과 상담이 몇 차례 진행되었다. 이식 중에 생길 수 있는 여러 가지의 부작용을 내가 공부하고 알아야 했다. 자기 삶에 자신의 지분은 없는 것처럼 그는 아무것도 모른 채 모든 것이 진행되었다. 우리끼리만 아는 무슨 첩보작전 같았다. 제임스 본드는 없는데 본드걸만 있는 상황 같아 간혹 쓴웃음이 나오기도 했다. 협박 같은 고지사항 앞에서 많은 사례 중 아무 증상도 생기지 않기를 기도할 수 없을 만큼 부작용의 사례는 방대했다. 그중에 어떤 것이 가장 힘들고 무서울지, 어떤 것에서 후유증이 가장 오래 남는 것인지 알 수 없었기에 부작용이 없기를 기대하는 건 그저 막연한 소망이었다. 다만 잘 견디고 이겨내면서 모든 과정이 무사히 지나가기를 기도했을 뿐이었다. 생명을 유지하는 것 외에는 아무것도 기대할 수 없는 막막함 앞에서 의연하기는 쉽지 않았다.

무균실로 들어가기 전날 병원으로 방문하신 목사님 사모님과 함께 기도하고 두 분이 돌아가시고 난 후 그날 밤 나는 귀가하지 않고 병실에서 남편과 긴긴 이야기를 나누었다.

　남편은 죽음이 두렵지 않다고 했다. 세상이 자기 마음대로 될 것 같았던 지난날이 참으로 부질없었음을 깨달았다고 했다. 큰돈을 만지니 더 큰돈을 벌고 싶었고, 왜 돈을 벌고 싶은지 돈을 벌어서 어떤 것들을 해결하고 어떤 것들을 이루고 싶은지에 대한 명확한 계획도 없었다고 했다. 그냥 돈 버는 재미에 빠져서 마치 게임처럼 생각한 것 같다는 그의 고백을 담은 그 밤이 지나갔다.

　자신에게 물려주시기로 했던 아버지의 재산도 욕심나지 않고, 그것을 가로챈 형도 잊겠다고 했다. 나와 아이들이 자기 곁에 있어 더 이상 아무것도 바라는 것 없이 감사할 따름이라고 말하는 남편의 얼굴은 고통과 두려움보다는 평안의 빛이 가득했다. 하지만 나는 어마어마한 경제적 고통 때문에 남편의 지분을 되찾고 싶었다. 그러나 아무리 내가 되찾고 싶어서 이를 악물어도 이미 작정하고 가로챈 자보다 더 독할 용기와 자신이 없었다. 누군가의 소유와 권리를 뺏는다는 것은 그보다 힘이 세거나 더 독하고 악하거나 그것도 아니면 미친 전략이 있어야 하는데 우리에겐 뺏긴 걸 찾아오기 위해 그보다 더 악해질 용기도 없었고, 미친 전략은 더욱 없었다. 눈 뜨고 코 베이고 나니 입으로만 숨쉬기는 더욱 어려워졌지만, 그냥 잊었다. 살아야 해서. 살아야 하니까.

　이식 실로 들어가기에 앞서 보호자가 준비해야 할 것이 많았다. 속옷을 사러 다니고, 의료기 상점에서 암 환자 전용 세면도구와 새로운 수건을 구매해 삶아서 준비하고, 몇 가지의 멸균 제품과 캔 음료도 준비했다. 나는 혼자서 남편의 새로운 안간힘을 위한 준비물을 사러 다녔다.

　언니와 동생, 친구들과 어울려 쇼핑하러 다니던 때가 떠올랐다.

　함께 어울려 장을 보고 쇼핑을 하는 소소한 일상이 얼마나 감사한 것인지 깨달았다. 앞으로 아무것도 원망하지 않고 살 것을 다짐하며 그림자를 친구삼아 도시를 걸어 다녔다.

　다시 골수 검사를 했다. 얼마만큼 항암치료가 잘 되었는지 뼈마디 마디까지 새까맣게 물들이고 있던 암세포들은 사라졌는지, 새로운 세포들로 그의 몸이 채워지고 있는지, 그래서 새로운 생명이 시작될 수 있는지를 검사했다. 그렇게 그의 육체와 영혼의 새 생명을 위한 준비가 시작되었다.

　두 번의 겨울이 지나고 여름이 왔다. 남편은 조혈 모세포 이식을 위해 무균실로 들어갔다. 6차까지의 항암치료를 모두 마친 후 병원에서 예고한 여러 가지 고통에 이의를 제기하지 않겠다는 서약서에 사인을 하고 아직 경험해 보지 못한 새로운 두려움 속으로 혼자서 들어갔다. 보호자는 누구든 하루에 한 번, 한 명만 면회가 가능하며 면회는 병실 창을 통해 얼굴을 보고 전화기로 대화할 수 있었다. 남편의 속옷가지들이 비닐에 쌓여 보호자 대기 존에 나와 있으면 면회를 마치고 나오는 길에 집으로 가져와 세탁하고 삶아서 다시 가져다주고 남편의 간식, 주로 음료는 무균실 입구 소독 존에서 소독제로 전부 닦은 후 살균기에 넣어 살균하고 안으로 들여보냈다. 면회자는 가운을 입고 머리에 캡을 쓰고 손에 위생 장갑을 낀 후 에어샤워 통에 들어가 살균하고 무균실 창 너머의 면회 복도로 가서 병실 앞에 서면 그가 보였다.

창문 너머의 그와 이야기했다. 밥은 잘 먹었는지, 잠은 잘 잤는지, 필요한 것은 없는지, 먹고 싶은 것은 없는지, 그리고…. 보고 싶은 사람은 없는지.

이식 실로 들어가기 전 준비물을 모두 확인해서 갖다주려고 하는데 남편이 예전에 쓰던 CD 플레이어가 있으면 찬양과 올드팝 CD를 넣어달라고 했다. 이식실 간호사에게 남편의 뜻을 전하며 물어보니

"넣어드릴 수는 있지만 듣기는 힘드실 수 있어요."

"왜요? 음악을 들을 수 없을 만큼 힘들다는 뜻인가요?"

"아니요. 그런 건 아니고요, 귀에 이어폰을 꽂으실 수 없을 거예요. 귀에 무엇을 꽂아도 될지 모르겠어요."라고 했다.

남편의 안간힘

무슨 말일까 어떤 상태를 예고하는 것일까? 아플 거란 뜻일까 설마 귀가 안 들릴 거란 말은 아니겠지, 아니면 그 정도의 정서적 여유가 없을 거란 뜻일까? 이식 과정 동안 음악을 들을 수 없습니다. 가 아니라 귀에 무엇을 꽂을 수 없다는 말이 무슨 말인지 이해할 수 없었지만 더 이상 간호사에게 꼬치꼬치 묻지 못하고 돌아오는데 수많은 물음표와 무거운 상상의 상자가 머리 위를 빙글빙글 돌며 정확하게 정의를 내릴 수 없는 눈물이 흘렀다.

이식 실에서 나와 병원 로비를 가로질러 밖으로 나오니 석양이 여름을 알리기에 충분할 만큼 아름답게 하늘을 물들이고 있었다. 벤치 끝에 걸터앉아 잠시 계절을 느끼며 황혼을 바라보고 있으니 지나온 시간이 슬픈 영화의 장면처럼 지나갔다. 그 장면 속에서 슬프게 흐느끼고 있는 젊은 날의 나를 보았다. 투병의 시간보다 더 아픈 내 어린 날의 사랑이 울고 있었다. 그를 기다리고 기다리던 시간. 그의 안간힘에 지쳐있던 나의 청춘이, 부와 명성을 좇으며 살던 남편을 바라보는 젊은 날의 내가 석양보다 더 붉은 눈물을 흘리고 있었다.

우리가 살면서 경험해 보지 못한 고통의 투병 기간이었지만 오히려 남편과 나에게는 치유와 위로의 시간이라는 생각이 들었다.

그가 살겠구나. 그가 회복하겠구나. 간절한 소망이 확신이 되던 그 여름 저녁 벤치를 아직도 선명하게 기억하고 있다.

군에 있는 큰아들에게서는 매일 전화가 왔다. 이식 준비 상황을 이야기하던 중 아들이 집에 가서 책상 서랍에 보면 예전에 쓰던 공기계가 된 핸드폰이 있으니 제 동생에게 부탁해서 거기에 아빠가 좋아하는 음악을 다운받아 이식 실로 보내면 이어폰을 꽂지 않고도 하루 종일 찬양이나 올드 팝을 들을 수 있을 거라고 했고, 고3의 작은아들은 늦게 귀가해서도 그 일을 열심히 도와주었다. 서로서로 최선으로 자기의 자리를 지켰다. 아무도 남편과 함께 있어 줄 순 없지만 각자 최선의 방식으로 견뎌내는 것이 그와 함께 있어 주는 것이라고 여겼다. 우리 네 사람은 애끓는 마음으로 서로 사랑하고 위로했다.

모든 준비가 끝나고 남편은 혼자서 이식실로 들어갔다. 나는 예전보다 훨씬 시간적 여유가 생겼지만, 마음은 무거웠다. 눈앞에 보이지 않으니 궁금하고 걱정이 되었다. 그러나 이제 진짜 내가 할 수 있는 것은 없었고, 그 무엇도 해줄 수 없었다. 사람이 무엇이든 다 해낼 수 있을 것 같지만 그렇지 않다는 것을 알았다. 평생을 내 힘으로 무엇이든지 할 수 있을 거로 생각했던 충만한 교만이 내 안에 가득했음을 깨달았다. 고개가 숙여지는 순간이었다.

남편의 안간힘

잊고 기억하기

◇◆◇

나는 뭐든지 좀 잘하는 편이다. 물론 1등을 해본 적은 많지 않지만 많은 분야에서 중간 이상을 하기 때문에 사람들은 못하는 게 뭐냐고 물어본다. 글쎄, 생각해보면 대단하게 뭔가를 잘하는 거 같지 않고 특정 분야에 전문적이지도 않다. 근데 그걸 들키지 않고 평생 잘하는 사람으로 인식되며 살았다.(어쩌면 그걸 들키지 않는 게 재능일 수도 있겠다.) 그런 속임수를 쓰며 산 주제에 잘난 척하며 항상 남편을 온달이라 부르고 나를 평강이라 불렀다. 겨우 집안일에 좀 서툴 뿐인데 그걸 참지 못해서 온달은 평강하고 결혼해서 장수가 됐는데 당신은 대체 언제 장수가 될 거냐고 다그쳤다. 그러면 그는 화내거나 비웃지 않고 언제나 자신의 부족을 시인했다. 나를 추켜세우면서 나의 다재다능을 인정했다. 생각해 보면 진짜 다재다능이 아닌데 그런 줄 알고 사는 내 교만을 향한 남편 방식의 비난이 아닐까 하는 자격지심 또한 가지고 살았다. 형편없는 자존감이었다. 일하고 일하고 일을 쫓아다니던 그가 나를 사랑하지 않는 게 틀림없다는 피해의식 속에 살았다. 부잣집 도련님이었던 남편에 대한 내 가난의 열등도 있었다.

어쩌면 그래서 더 불행했는지도 모른다.

나는 항상 악착같이 무엇이든 더 알기 위해 애썼고, 더 알기 위해 끊임없이 배웠다. 그것이 스펙이 되는 줄 알고 살았는데, 남편은 더 알지 않아도 불행하지 않았다. 잘 몰라도 열등하지 않았다. 그래서 약 오르지 않았고 타인을 진심으로 인정하고 격려했다. 경쟁에서 이긴 자를 향해 그는 완전한 축하의 박수를 칠 줄 알았고, 나는 열패감에 단 한 번의 박수도 진심으로 쳐 본 적이 없는 하류였다. 내 가면의 스펙과 그의 진심의 스펙은 이렇게나 달랐다.

이식이 시작되었다. 하루 한 번 창을 통해 수화기 너머의 남편을 바라보던 처음에는 힘들다는 내색을 하지 않았고 불편함도 호소하지 않았기에 다행히 생각보다는 덜 힘들구나 잘 견디고 있구나. 생각했는데 그의 낯빛이 점점 검게 변하기 시작했을 때 죽을 만큼 힘

남편의 안간힘

들다는 것을 알았다. 마치 동남아 어디 더운 나라에서 햇볕에 잔뜩 그을린 사람처럼 하루가 다르게 낯선 얼굴로 변해갔다. 희다 못해 붉은 기가 돌아 나를 설레게 했던 희고 고운 낯빛이 잿빛으로 변했다. 면회를 가면 늘 침대에 누워있었고 웃는지 슬픈지 알 수 없는 표정으로 나를 맞이했다.

"왔어?"

"응. 안 힘들어? 밥은 좀 먹었어?"

"그냥 그래. 밥은…. 솔직히 별로 맛이 없네. 네가 해주는 된장찌개가 세상에서 젤 맛있는 거였어."

"그걸 이제 알았어? 또 해줄게. 잘 마치고 나와. 얼마든지 해줄게. 내 실력은 녹슬지 않아. 딱 기대해. 내가 조선시대 태어났으면 장금이는 수라간에 발도 못 붙였을걸?"

"그래, 그러자. 근데 내가 다시 먹을 수 있을까 모르겠다."

"무슨 말이 그래요. 나한테 그렇게 말하고 싶어? 기도하고 열심히 치료받는데 왜 그렇게 확신 없이 그런 말을 해. 나랑 애들한테 미안하다며? 그럼 그렇게 말하면 안 되지."

내가 화를 내면 그는 시치미를 떼며 그저 입맛이 다시 돌아올까 궁금해서 한 말이었다고 둘러댔다.

피부색은 죽어가고 장기가 뒤틀리는 아픔과, 일어서서 걸을 수 없을 정도로 기운이 없는데 아내의 된장찌개를 떠올린다고 해서 무슨 입맛을 되찾을 수 있었겠는가.

절망적인 한마디에 면박을 주었지만, 집으로 돌아올 때면 병원 마당을 물들이던 석양의 벤치 끝에 걸터앉아 그를 이해하고 그의 시점으로 이입하는 시간을 가져보다 집으로 돌아왔다.

갈아입은 속옷가지들을 집에 가져와서 살펴보았다. 병원에서 예고했듯이 속절없이 분비물을 쏟아놓는 상황이 된 건 아닌지, 그런 상황 중에 괜찮은 척을 하는 건 아닌지 알아야 했다.

병원의 예고와 달리 남편은 단 한 번도 실수하지 않았다. 다행이라고 여겼다. 그러나 그것 또한 아내에게 자신의 실수를 들키고 싶지 않은 그의 눈물겨운 노력이었다는 걸 나중에 알았다.

눈치 백단이라 자신해 온 내가 왜 이렇게 나중에야 알게 된 게 많은 건지….

날마다 하루도 거르지 않고 면회 시간이 되면 달려가서 꽉 채운 30분 동안 전화기를 붙들고 수다를 떨었다. 관심이 많았던 뉴스 기사를 들려주고 가족 한 사람 한 사람의 안부를 전하고 아들들의 인사를 대신 건네주었다.

"아빠 사랑한대. 꼭 전해 달래요."

정말이지 군에 있는 큰아들은 단 하루도 빠짐없이 전화해서 아빠의 상태를 체크했고, 작은아들은 날마다 자기가 얼마나 열심히 고3을 보내고 있는지 남편에게 들려주었다.

나를 만나는 시간보다 아이들과 그가 먼저 통화를 한 날에는 오히려 나에게 아이들과의 통화를 전해주느라 약간 상기된 남편을 만나기도 하였다. 그의 외면 속에 다 꺼져서 작은 불씨까지 전부 소멸하고 말았다고 생각했던 사랑이 다시 빛을 내기 시작했다.

기억 속 노스탤지어. 그리운 그를 불러내어 연애했다.

복숭아 향 가득한 가슴으로 이제 더 이상 희고 고운 손이 아니어도, 여유롭고 빛나던 몸짓은 아니어도 검게 변한 남편의 낯빛을 연애하고 연모했다.

완전히 나아서 나에게로 돌아오고, 아이들에게로 돌아올 그날을 꿈꾸며 기대했다. 영원히 용서할 수 없을 것 같던 남편의 안간힘이 재가 되어 부서지던 시간 앞에 나와 아이들이 서 있었다.

어느 날 친구들이 찾아왔다. 그간 내가 제대로 먹지 못하고 잠도 잘 못 잤을테니 고기라도 실컷 먹여 기력을 보충해 주고 가겠다는 강력한 우정을 메고 왔기에 잠시 망설이다가 결국 따라나섰다. 얼마의 시간이 지나지 않아 남편을 핑계로 서둘러 자리에서 일어났고 친구들은 내 처지를 안타까워하면서 병원 앞에 내려주고 아쉬운 인사를 하고 돌아갔다.

면회를 위한 모든 준비를 마치고 들어가니 뭔가 분위기가 심상치 않았다. 입구에 앉아있던 당직 간호사도 보이지 않았다.

내부의 소리가 밖으로 들려오는 것도 아닌데 이 부산스러운 분위기는 뭘까? 이상했다. 이전과 다른 분위기가 느껴지면서 그날의 복도는 뭔가 어둡고 길었다. 불안함이 엄습해 왔다.

그때 시야로 들어온 병실 유리창 너머의 장면. 지금도 긴장되는 그 움직임.

바쁘게 뛰어다니는 간호사들과 평소엔 볼 수 없던 두어 명의 의사들 사이로 산소 호흡기를 꽂은 남편의 얼굴이 한 뼘의 마름모꼴이 되어 눈앞으로 다가왔다. 드라마 속 슬로우 장면처럼 아무 소리도 들리지 않는 유리창 너머로 의식을 잃은 듯한 남편의 얼굴이, 나를 보고 반갑게 아는 체하지 못하는 그의 얼굴이 보였다.

복도가 빙빙 돌고 피가 거꾸로 솟는 것 같았다. 가슴속에서 뜨거운 어떤 것이 걷잡을 수 없이 터져 버렸는데 눈물인지, 분노인지, 미안함인지, 절망인지 알 수 없었다.

갑자기 왜 그런 상태가 됐는지 물어볼 사람은 없고 복도는 어린 날 놀이터에서 타던 지구처럼 비잉비잉 계속 돌기만 했다.

유리창을 두들기면서 왜 그런 거냐고 소리쳤지만 내 목소리는 유리창을 통과하지 못하고 공중에서 소멸되고 말았다. 남편의 침대가 잘 보이지 않게 가리고 선 하얀 가운을 입은 의료진들의 뒷모습 위로 울부짖는 내 소리가 산산조각 나서 눈처럼 흩어졌다.

마치 거대한 음모에 휘말려서 시커먼 지하실로 끌려가는 기분이

남편의 안간힘

었다. 어떻게 그렇게 위급한 상황인데 보호자에게 연락을 안 할 수가 있냐고 병원에 따져 물었다.

만약 친구들과 시간을 더 보냈더라면, 그래서 면회에 더 늦었더라면, 그랬더라면 호흡하지 못해 의식을 잃어가는 그를 볼 수 없었을지도 모른다. 아무 준비도 없이 그와 헤어지게 되는 순간을 맞이했을지도 모른다.

그런 생각은 무섭고 아찔했다. 난 헤어질 준비를 어떻게 해야 하는지 모르는데. 그를 버리리라 다짐했던 마음이 우왕좌왕 튀어나와 무릎을 꿇었다. 병원에서는 일상의 다반사라는 듯 이제 막 연락하려던 참이었다고 했다.

남편이 치료받는 동안 복잡한 생각 속에서 살았고, 이 나이가 되도록 경험하지 못했던 사회의 부조리도 적잖이 겪었다. 사람에게 서운하기도 했다. 우리가 베풀었던 마음이 전부 돌아오지 않음을 알게 되었다. 그럴 때면 우리도 누군가를 외롭게 했을 수 있겠다고 생각하며 스스로 반성하고 위로했다.

주변에 사람은 많았지만 철저히 외로운 날을 경험했다. 세상이라는 터널의 한가운데 내 던져진 것 같은 비참함이 살갗을 파고들었다.

아무도 없는데 어딘가를 향해 애타게 손을 들어 구해달라고 허우적거렸다. 그러나 나의 위로는 세상에 있지 않았다.

이제 남편은 혼자 밥을 먹지 못했고, 혼자 용변을 볼 수 없었고, 혼자 일어나 앉고 누울 수 없게 되었다. 호흡기를 꽂은 채 얼마 동안 있어야 할지 알 수 없었다.

이식실에서 간병인의 입회를 요청했다. 무균실로 들어가 남편을 24시간 돌봐야 했다. 거의 스무날 만에 남편을 가까이에서 보게 되었다. 검게 변한 얼굴을 들여다보고 근육이 빠져가는 고령의 노인 같은 그의 팔과 다리를 가만가만 만졌다.

'어찌…. 어찌…. 어쩌면 이렇게….' 내 감정이 뭔지, 무슨 기도를 하고 싶은지 모른 채 눈물만 났다. 오직 내 눈물과 그의 가느다란 숨소리만이 병실을 가득 메웠다. 살기 위해 최소한의 숨을 헐떡이고 있는 그의 안간힘이 너무나 가슴 아팠다.

"힘을 내야 해요. 아직 할 일이 많아. 그리고 나는 아직 헤어질 준비를 못했단 말이야."

수건을 적셔다 혈색이 돌아오기를 기도하며 얼굴을 닦이고, 약물 냄새가 밴 몸을 닦았다. 통통 부은 그의 살갗은 손가락 자국이 찍힌 채로 쑥 들어가 원상태를 회복하지 못하고 오래 머물렀다. 눈물 콧물 범벅이 되어 나를 닦았는지 그를 닦았는지 모를 밤이 지나갔다.

간신히 눈을 뜨고 나서 남편의 입술이 소리가 들리지 않는 산소 마스크 안에서 나에게 '미. 안. 해.'라며 움직였다. 차라리 그의 빈자

남편의 안간힘

리로 우리의 주말이 붕괴되던 그때의 안간힘이 더 나았을까? 라는 생각을 처음 해보았다.

　꼬박 이틀 밤이 지나고 나서 산소포화도가 정상을 회복했다. 밤새 찬양이 흐르는 무균실에서 남편의 손을 잡고 계속 기도했다. 다음날 온전히 의식을 회복한 그가 입을 열었다. 밤새도록 내 기도 소리를 들었다고. 희미한 의식 속에서 살 수 있을 것 같은 희망이 생기더라고. 몸은 분명 힘든데 뭔가 아주 신비롭고 특별한 경험이었다고 했다. 우리에게 새롭게 불어온 희망의 바람이었다. 그를 바라보는 내내 삶의 희망이 별로 없어 보여서 마음이 아팠다. 죽음을 두려워하지 않는 모습이 오히려 낯설고 이상했는데 다시 희망이 생겼다니 기쁨이 차올랐다.

　남편이 안정을 되찾고 나는 집으로 돌아왔다. 폭풍 같은 3일이 지나온 30년보다 더 길게 느껴졌다. 오래 고생하지 않고 의식을 회복한 것은 감사라는 말로는 부족한 신비였다.

　작은아들이 며칠간 집으로 돌아오지 않은 엄마의 부재가 분명 아빠한테 무슨 일이 생긴 것이라는 생각이었는지 큰아이에게 연락한 모양이었다. 느닷없이 큰 아이가 휴가를 나왔다. 이식 실에서 휴가 나온 아들과 함께 면회가 가능하게 허락해 주었다. 이식 실 유리창 너머의 남편을 처음 만난 큰아이는 전화기 속의 남편을 힘껏 안아주었다.

아들은 남편과 40여 분의 면회를 마치고 나오자마자 차 안에서 엄마의 손을 놓쳐 길을 잃은 어린아이처럼 울음을 터트렸다. 어찌나 서럽게 우는지 달랠 수도 무슨 말을 건넬 수도 없었다. 말을 태워주던 아빠의 등을 기억했고, 자기들을 위해서 어디든 달려가던 아빠의 사랑과 열정을 기억했다. 나는 남편의 안간힘이 외로웠지만 아들에게는 아빠의 진심만 기억되는 모양이니 이 또한 얼마나 다행이고 감사한 일인가.

며칠간의 휴가를 남편을 면회하며 보내다 아들이 복귀하는 날, 운전 중에 갑자기 다리에 통증이 느껴졌다. 정확히는 다리라기보다 발바닥 쪽의 살갗이 쓰라린 느낌이었다. 이런 통증은 뭐지? 발을 디딜 수 없게 아프기 시작하더니 결국 운전을 할 수 없을 만큼 쓰라려 왔다. 불에 덴 것처럼, 날카로운 바늘에 찔린 것처럼 아팠다.

"엄마, 왜요? 왜 그러세요?"

이제 막 부대로 복귀하려는 아들은 안절부절못하고, 복귀 시간은 가까워지는데, 어딘가 불편해 보이는 나 때문에 발길을 돌리지 못했다. 나는 살갗이, 아들은 마음이 쓰라린 순간이었다.

"아냐, 그냥 갑자기 좀 이상했는데 괜찮은 거 같아. 신경 쓰지 마. 이제 괜찮아 진짜 괜찮아." 부대로 돌아가는 아이가 신경 쓸까 봐 괜찮은 척해 보았지만, 통증은 가시지 않았다. 내일 꼭 병원에 가보겠다고 아들과 손가락을 걸어 약속하고 집으로 돌아오면서 길가에 차를 몇 번이나 세웠다. 발바닥에 힘이 실려 닿는 것도 아닌데 살짝 브레이크를 밟는 정도에도 견딜 수 없게 쓰라렸다.

집으로 돌아와 통증 때문에 밤새 한숨도 잘 수가 없었다. 마음이 불안했다.

걱정 없이 잠을 자고 누가 해다 주는 밥을 먹으면서 그렇게 딱 며칠만 보내면 좋겠다는 생각을 해본 적이 있었는데 그런 생각조차 나에게는 허락되지 않는 상상인가 생각하니 서러움이 밀려왔다. 생각만으로도 나에게는 사치였단 말인가. 억울함이 스며들었다.

내가 아프면 안 되는데 어떡하나. 무슨 일일까 어디가 잘못된 걸까? 일도 해야 하고 남편도 돌봐야 하고 아이도 살펴야 하는데….

밤새 퉁퉁 부은 눈에서 눈물이 나고 다리는 쑤시고 뭔가에 찔린 듯 아프고. 어떤 자세로 누워도 앉아도 이제는 발바닥을 땅에 딛지 않아도 통증은 점점 더해왔다. 당장은 남편보다 내가 더 아플지도 모른다는 한심한 응석이 밤새 나를 억울하게 했다. 사람의 마음은 어쩌면 이토록 이기적인지.

새벽에 일어나 다리를 딛고 설 수 없어 의자를 끌어다 놓고 앉아서 밥을 하고 반찬을 준비해 작은아이의 도시락을 쌌다.

체대 입시를 준비하는 아이라 도시락만으로는 부족할 걸 알면서도 간식까지 함께 준비해야 하는 상황이 되지 않아 그저 밥이라도 잘 챙겨 먹기를 바라는 마음으로 정성껏 도시락을 쌌다. 어쩌면 겨우 도시락이라도 싸주는 수험생 엄마로 미안함을 덜고 싶었는지도 모른다. 그러나 그날 아침은 그마저 너무 힘이 들어 어디로 숨어버리고 싶은 심정이었다.

엄마의 컨디션에 이상함을 느꼈다고 해도 길게 아는 체할 수 없이 학교로 향해야 하는 아이 역시 마음이 무거웠을 것이고, 아들에게 엄마가 없는 수험생 역할이 쉽지는 않았을 것이다.

딱 포기하고 싶은 무거움이었다. 하지만 포기할 수 없는 아들들의 따뜻한 마음, 남편의 사죄, 모두의 기도, 그리고 나를 지키시는 신이시여!

집을 대충 정리하고 큰 아이가 검색해 보고 알려준 병원으로 갔다. 내 통증의 정체는 섬유 근육통이었다. 보통 심리적으로 스트레스를 받거나 극심한 불면으로 오는 통증이라고 했다. 나에게 이런 통증은 너무나 자연스러운 현상이었다.

친절하고 다정한 여의사는 언니 같은 목소리로 최근에 무슨 힘든 일이 있었냐고 물어보았는데 그 한마디가 뭐라고 십년지기 친구 앞인 양 낯선 의사 앞에서 느닷없이 펑펑 울고 말았다. 의사의 처방은 의외로 단순했다. 잘 먹고 잘 자면 낫는다는 것.

그러고는 한두 가지 약과 비타민을 넣은 링거를 처방했는데 침대에 누워 링거를 맞으며, 통증이 심한 다리는 의료기로 치료해 주

남편의 안간힘

었다. 눈물이 멈추지 않았다. 쉴 새 없이 불을 타고 흘러내리는 눈물을 닦을 겨를도 없이 나는 울다 지친 어린아이처럼 어느새 잠 속으로 빠져들었다. 두어 시간을 어찌나 달콤한 잠에 빠져 들었는지 누가 업어가도 모를 깊은 잠이었다. 남편의 치료가 시작되고 나서 그렇게 편히, 그렇게 깊이 자본 적 없는 두 시간이 훌쩍 지나가 버렸다.

"편히 주무시는 것 같은데 좀 개운하세요?"

웃으며 건넨 간호사의 말로 충분히 알았다. 의사의 처방은 생각의 뒤척임 없이 잠을 재워주는 것이었구나. 나를 쉬어가게 하는 것이 의사의 처방이었다. 강제로라도 쉬지 않으면 안 될 타이밍이었구나.

그저 모두 "너 좀 쉬어야 하는데…." "힘들어서 어쩌냐?" 라고 말만 했을 뿐 나의 쉼에 대한 강제적인 개입이 없었던 그 시점에 이 긴급 처방의 적절함이 또 놀랍고 감사했다. 결코 사소할 수 없는 감사가 저축처럼 쌓여갔다.

남편은 2인 무균실로 옮겼다. 그를 더 가까이에서 좀 더 자유롭게 면회는 할 수는 있었으나 유리창 너머는 아니어도 여전히 청정 부스로 둘러싸인 병실에서 칸막이가 있다고 해도 옆 침대의 환자도 있는 터라 대화를 나누거나 커튼 안으로 들어가 살펴 줄 수는 없었다. 병실에선 거의 누워있거나 잠을 자는 남편을 바라보다 돌아와야 했는데 하루는 면회하러 갔더니 배가 아프다고 했다. 언제부터 아팠는지 내놓은 식판에 밥이 그대로 있는 것으로 보아 손도 대지 않은 모양이었다.

어떻게 아픈 거냐고 물어 간호사에게 전달했지만, 특별한 조치는 할 수 없다고 했다. 남편은 계속 배가 아픈지 면회 시간 내내 기분이 좋지 않은 것처럼 눈을 감고 있었고 커튼 밖 접이식 의자에 앉아있는 나는 불편하기도 하거니와 어두운 병실이 몹시 답답했다. 원래 아픈 사람이니 배가 조금 아픈 건 그럴 수 있다는 건가? 이 치료는 원래 배가 아픈 증상이 나타나는 건가?

긴 시간 의자에 앉아 별의별 생각에 사로잡혀 몇 시간이 지났는지도 몰랐다. 다시 간호사에게 진통제라도 줄 수 없냐고 물었더니 의사의 처방이 내려와야 줄 수 있다면서 기다리라고 하고선 그놈의 처방이 한번 내려오기까지 두 시간은 기다린 것 같았다. 말하지 않는 남편의 통증은 제법 큰 것 같았지만 나 또한 어두운 방에서 우두커니 기다리자니 아주 사리가 나올 판 이었다. 간호사가 와서 어떻게 아프신 거냐고 물으면 그저 "잘 모르겠어요. 설명을 못하겠는데 그냥 좀 아파요." 라는 말만 되풀이하니 간호사는 또 별스럽지 않게 여기면서도 나에게는 환자 곁을 지켰으면 좋겠다는 부탁인지 명령인지를 하고는 나가 버렸다. 나는 급기야 답답함이 폭발

남편의 안간힘

해서 남편에게 소곤소곤 소리를 질렀다.

"당신이 아픈 걸 설명 못 한다는 게 뭐야? 하루 종일 나는 간이의자에서 눈 감고 있는 당신만 보고 있었는데, 뭐 조금 아프다고? 당신이 아프다고 하니 저것들이 나를 못 가게 하잖아. 조금 아프다면서 밥은 왜 안 먹고. 싫어도 먹어야지. 지금 당신 기분 내키는 대로 하겠다는 얘기예요?"

어두움과 답답함을 참지 못해서 짜증 난 내 말은 목소리가 크지 않아도 어금니를 꽉 깨물고 말을 하니 마치 남편을 으박지르는 것처럼 보였다. 어두운 병실에서 눈 감고 누워있는 남편을 바라보고 앉아 있은 지 9시간이나 지났으니 보리수나무 아래 부처님 저리가라로 해탈에 이를 판이었다.

나는 크리스천이어서 해탈 경력이 없어 잘 모르지만 진짜 해탈이 이런 게 아니겠냐는 생각이 들 정도였다. 밤이 되어 집으로 돌아가려고 다시 남편에게 물었다.

"나 이제 집에 갈 거야. 아직도 아파요? 도대체 자기가 정확한 얘기를 해야 처방을 받을 거 아니에요. 아프긴 한 거야 아픈 거 맞아? 어리광 아니고? 내가 여기서 아홉 시간이나 앉아있었던 건 알아요?"

이게 무슨…. 아픈 사람 앞에 놓고 답답한 한나절에 대한 짜증을 다 쏟아놓고 있었으니 말이다. 사람이 선하지 않다는 말을 내가 증명하는 실로 철학적이고도 종교적인 순간이 아니고 무엇이랴.

간호사들에게 아직 통증이 남아있는 남편을 부탁하고 집으로 돌아오니 11시가 다 되었다. 꼬박 12시간을 병실 간이 의자에서 앉아 있었구나. 병실은 에어컨이 나오는 것도 안 나오는 것도 아닌 것이 규정 온도를 지키느라 묘하게 더웠기 때문에 얼른 씻고 쉬고 싶었다.

샤워하기 위해 욕실로 들어서는데 전화벨이 울리기 시작했다. 그 누가 전화를 해도 씻는 게 우선이야. 하고 샤워를 시작했는데 또 전화벨이 울렸다. '뭐야 안 받으면 내가 할 텐데 뭘 자꾸 해. 이 밤에 대체 누구야?' 짜증을 내며 울리는 전화벨을 무시하고 머리를 감으려는데 다시 전화가 울렸다. 계속 울렸다.

받아야 하는구나. 본능적으로 느껴졌다. 발가벗은 채 급하게 뛰어나와 전화를 받으니 병원이었다.

자책의 눈물이 쏟아졌다. 언니에게 전화를 걸었다. 남편이 긴급 수술에 들어간다고 하니 병원까지 가려면 30분 이상 걸리니까 10분 거리에 있는 언니와 동생에게 우선 병원으로 달려가 줄 것을 부탁했고 제대로 전화를 끊지도 못한 채 언니와 동생의 발걸음은 이미 병원으로 달려가고 있었다. 병원에 도착하니 남편은 벌써 수술실로 들어갔고 언니와 동생은 발을 동동 구르며 얼마나 애를 태우고 있는지.

남편의 안간힘

"우리도 못 봤어. 도착하니까 막 들어갔다더라고. 무슨 일이야 왜 그러는 건데?" 울상이 된 언니와 동생이 나보다 더 불안해했다.

"맹장염이래. 하루 종일 배가 아프다고 했어. 근데 내가 병실에 앉아있는 게 너무 지겨워서 화내고 소리를 질렀어. 미쳤나 봐 내가. 근데 너무 짜증이 나더라고. 그렇게 아픈데 왜 참는 거야? 내가 물어봤는데 계속 조금 아프다니 대체 무슨 말이냐고. 진짜 아픈 거 같기도 하고 응석 같기도 했어. 아 진짜 속상해 정말. 자기는 하루 종일 너무 아팠던 거잖아. 근데 어떻게 병원에서 그토록 모를 수가 있어? 원래 아픈 사람이니까 좀 아프다고 해도 그러려니 한다는 거야 뭐야?"

어떻게든 지겨운 내 짜증의 12시간을 변명하고 싶었다. 누가 나에게 내가 너무 한 게 아니라고 말해줬으면 했다. 그럴 수 있다고 편들어 줬으면 했다. 그 윽박의 미안함을 그 순간에도 남편과 병원으로 돌리고 싶었다.

그렇지만 나는 결국 알아 버렸다. 나와 아이들이 걱정하고 불안해할 걸 알기에 뭐든 최선을 다해 참았다는 것을. 속옷에 실수하지 않으려고 안간힘을 쓰고, 수혈 부작용 피부발진 때문에 극도의 가려움으로 긁다가 피가 날지라도 내가 볼 때는 단 한 번을 긁지 않았으니, 보통의 안간힘으로는 해낼 수 없는 참음이었다. 그나저나 그런 걸 모두 떠나서 남편은 수술하기에는 너무 어려운 상황이 아닌가?

혈액도 공급받아야 하고, 수혈 부작용도 있고, 지혈도 안 되는 상태인데 어떻게 수술하고 있는 건지 궁금하고 불안해서 손발이 벌벌 떨렸다. 대체 아픈 배를 얼마나 참았단 말인가. 끝내 긴급 수술을 해야 할 지경까지 참다니 세상에 참을 꾹 세 번이면 살인도 면한다는데 대체 더 대단한 뭘 면하려고 그렇게까지 참는 건가 싶고. 나는 화가 나서 이렇게도 못 참겠는데 도저히 남편의 그 참음을 이해할 수 없었다.

나는 왜 화가 났는가. 무엇에 이토록 화가 났는가? 용서했다 미워했다 감사했다 짜증 났다 일어서고 주저앉고 확신하고 불안하고 기도했다 무너지고.

수술실 앞을 서성이며 성찰하느라 정신이 없는 내 앞으로 새벽이 밝아오고 있었다.

남편의 안간힘

회복

◇◆◇

남편의 담당 교수와 주치의도 모두 퇴근한 한밤중에 느닷없는 수술인데 갑자기 수술이 가능한 의사는 있었을까. 어떤 의사가, 어느 과의 의사가 수술하고 있단 말인가?

오만가지 불안이 한꺼번에 밀려왔다. 걱정과 불안의 내 마음처럼 모두 잠든 새벽의 수술실 앞은 괴괴한 느낌마저 들고 분명 계절은 여름이었고 허둥지둥 달려와서 온몸은 이미 땀으로 다 젖었는데 얼마나 추운지 턱이 다 떨릴 정도였다. 스산한 늦가을의 찬바람처럼 온몸이 으슬으슬했다.

언니와 동생, 학원을 마치고 집으로 돌아오다 1층에서 마주쳐 허둥지둥 함께 달려온 작은아들 이렇게 우리 넷은 수술실 앞을 서성이며 기도하다 서성이다 앉았다 일어났다를 반복했다.

눈물은 멈추지 않았다. 산 넘어 산이, 간신히 산을 넘으면 더 힘난한 산을 만나는 나의 치열한 인생이 가여워서 눈물이 멈추지 않았다. 답답함으로 가슴을 치는 나를 언니와 동생은 가만가만 등을 토닥이고 아들은 어느새 어른이 되어 버린 가슴을 내밀어 내 눈물을 말없이 위로해 주었다.

남편의 마음은 다 알 수 없지만 미안함으로 짐작했다. 솔직하게 자신의 아픔을 표현하기에 머쓱한, 우리는 이혼 직전의 부부였으니까.

수술을 마친 남편의 침상이 다시 병실로 돌아왔다. 마취하기도 어렵고 지혈도 힘든 상태여서 의료진들도 몹시 조심스럽고 쉽지 않은 수술이었다고 고백했다.

어느새 아침이 밝았다. 무사히 돌아온 남편의 귓전에다 미안하다고 말해 주었다. 처음이었다. 미안하다는 말은 마치 남편의 전유물인 것처럼 나는 한 번도 해본 적이 없었다는 걸 왜 그제야 알았을까? 암 발병 전에도 후에도 나는 그에게 미안하다고 말해 본 적이 없었다.

우리의 지난 시간이 온전히 나는 다 옳고 그는 다 틀렸던 시간이었을까? 그래서 그는 항상 미안하고 나는 그 미안함 앞에서 늘 당

남편의 안간힘

당했을까? 치료가 길어지면서 내 육체도 지치고 힘든데 치열한 삶에 대한 위로가 너무 야박해서 차츰 불만이 늘어가던 바로 그때가 아니었나 싶다.

불공평한 삶이라 여겨져 화가 났다. 억울하고 약이 올라 견딜 수 없어 땅을 치며 울었다. 그럼 내가 아니고 누구여야 한단 말인가.

누구에게 이 불공평한 삶이 적당하게 어울리겠는가. 내가 미워하던 누구였음 좀 나았을까. 모든 상황이 나보다 살만한 누구였음 좀 나았을까. 내가 얼마나 열심히 살았는데, 이 가혹한 현실을 부정하고 싶어서 내가 아는 모두를 미워하고 원망했다면 좀 후련했을까?

사람의 감정과 말은 변덕스럽고 불안정해서 우리가 이 고난의 강을 함께 건넜다고 해서 앞으론 절대로 서로를 힘들게 하지 않거나 젊은 날의 뜨거웠던 사랑이 죄다 부활 되는 건 아닐 것이다. 사실 그럴 자신도 없다. 때때로 그를 미워할 것이고, 지난날이 기억날 것이다. 내가 그렇게 선하고 인격적으로 훌륭하고 멋진 사람이 아닌 걸 나는 안다.

그렇다면 남편은 나보다 훌륭할 텐가? 물론 나보다 나을 것이라고 짐작한다. 그는 타고난 성품이 온순하고 누군가를 비난하는 방법을 익히지 못한 사람처럼 모든 걸 내 탓이오 하는 사람이니 나보다 다소 나을 수는 있겠지만 자기의 과오를 오랫동안 잊어주지 않는 아내에게 인내를 갖고 지속적으로 사죄하기는 쉽지 않을 것이다. 사람이란 타이틀이 대단한 것 같아도 밑바닥을 들여다보면 다 비겁과 비열과 치졸이 한가득이다. 내가 그랬다.

남편은 이제 수혈을 받기 위해 일주일에 한번, 검사를 하는 한 달에 한 번 통원하게 되어 나는 오롯이 그의 주치의가 되었다. 먹는 것과 자는 것과 기분까지 살펴야 하는 노역이 시작된 것이다.

그야말로 그 과정은 노역이다. 밧줄에 매인 노예처럼 모든 것이 자유롭지 못했다. 간혹 어느 깊은 밤, 잠에서 깨어나 이불을 뒤집어쓰고 영혼까지 죽을 것처럼 소리 죽여 울었지만, 눈물이 그치고 나면 아침을 불러 모았다. 어두운 밤이 지나면 아침은 어김없이 우리를 찾아오니까.

그리고 봄을 찾아다녔다. 춥고 시린 겨울이 지나면 코끝을 간지럽히는 아지랑이의 봄은 반드시 돌아와서 나른한 오후의 넘치는 졸음을 가져다줄 테니까.

날마다 어려운 수학 문제처럼 답을 몰라 답답했던 가난한 유년의 날에도, 차곡차곡 쌓여온 장미의 전쟁 같은 청춘의 날에도, 어둠의 터널에서 한 줄기 빛을 간절히 바라며 터벅터벅 걸었던 무거운 중년의 발걸음 위에도 꽃이 피고 비가 내리고 낙엽이 지고 눈이 내리는 아름다움을 경험할 것이다.

남편은 여전히 안정되지 못한 모든 수치 앞에서 빠져버린 머리카락도, 핑크빛 혈색도 돌아오지 않았지만 이제 다시 자기의 체력에 맞는 일도 시작했고 스스로 발전기를 돌릴 수 있는 시골 어느 마을 작은 발전소의 주인으로 살고 있다.

그 고통의 날에 나는 철저히 혼자였다. 엄마라면 어찌할 줄 모르는 아들들도 하나는 군에, 하나는 고3 수험생에 충실 하느라 곁에 없었고, 평생을 한동네에서 떨어지지 못하고 애증으로 살고 있는 피 끓는 자매들도 각자 살기에 바빴다. 그의 부모님도 나의 부모님도 우리에게 딱히 따뜻한 외투가 되어주시지 않았다.

풍족한 그의 부모님은 늘 우리 마음을 가난하게 했고, 자식들에게 손 내밀지 않으리라 이를 악물고 살아온 내 부모님 중 엄마는 남편이 병원에 있던 그 시기에 위암으로 수술하시고 층만 다른 병실에 계셨으므로 그저 당신들의 이를 더 악무는 것으로 최선을 다하셨다. 가까이에서 추억을 공유하고 우정을 다지던 친구들도 나의 아픔에 깊이 동참하지 않았다. 내가 그들에게 내 무게를 옮기려는 계획이 전혀 없었으므로 그들은 잘 알지 못했고, 이상하게도 늘 사람에 둘러싸여 있던 나는 그 시기에 너무나 혼자였다.

그러나 아무도 원망하지 않고 누구에게도 서운하지 않다. 남편과 나, 우리는 황량한 벌판 한가운데서 등을 돌리고, 어쩌면 가장 먼 타인이 되고 말았을 텐데 지금은 가장 가까운 타인이 되어 아이들을 바라보며 부모라는 이름으로 살고 있지 아니한가. 부부는 어차피 타인일 수밖에 없다. 약속된 질서 위에서 각자 최선의 사랑으로 화합하며 사는 것뿐이다. 괜히 타인이 아니라 한 몸이니 뭐니, 생각하는 순간부터 질서가 무너질 수 있다고 생각한다. 왜냐하면 나처럼 생각하고 나처럼 행동하지 않는 것에 대한 화가 생기기 때문이다. 다름을 인정하기 가장 어려운 관계가 부부가 아니던가 말이다.

질서만 무너지지 않는다면 반드시 재건되는 우리 인생의 건축 진리를 알게 된 지금. 충분하다. 다시 돌아가고 싶지 않고 더 잘 살아낼 자신도 없기에 후회가 없는 내 삶은 오늘이 가장 좋은 날이다.

남편의 안간힘

제4장
비로소 웃습니다

센터의 개척자

결혼하고 전업주부로 14년을 살았다. 아이들이 다 클 때까진 일할 생각이 없다가 큰아이가 여덟 살쯤 되던 해에 언니와 함께 작은 옷 가게를 하나 운영해 볼까 했는데 형부와 남편 둘 다 허락해 주지 않았다. 경제적으로 아주 어렵지는 않을 때여서 굳이 남편의 반대를 무릅쓰고 나가서 경제활동을 한다는 이유로 그동안 품에 끼고 있던 아이를 어린이집으로 떼어놓고 나갈 용기도 사실은 없었다.

그러다 작은 아이까지 초등학교에 입학하고 나니 아이가 없는 시간은 참으로 한가했고, 그즈음 남편이 이직하게 되어 뭔가 생활

비로소 웃습니다

이 어수선하고 안정적이지 못한 것처럼 느껴졌다. 이전 직장보다 남편의 연봉이 우선 좀 줄어서 그랬는지 갑자기 급격한 시련이 닥친 것처럼 불안했다.

하지만 아직 작은 아이가 혼자서 무엇을 완벽하게 해낼 정도로 자란 것은 아니어서 적어도 아이들이 학교에서 돌아오는 시간에는 내가 집에 있어야 좋을 것 같아 아이가 학교에 간 후부터 돌아올 시간까지만 일할 수 있는 자리를 구하고 싶었다.

그런 생각을 하고 있던 참에 내 기필코 취직하리라 마음을 먹고 지역신문의 구인 광고란을 기웃거린 것은 아니었는데 어쩌다 보니 집에서 그리 멀지 않은 피트니스센터 카운터 알바를 구하는 광고가 눈에 들어왔다. 그래 여기다.

근무 시간이 딱 내가 원하던 9시 30분부터 2시까지인 게 마음에 들었다. 아이들이 등교하고 나서 출근했다가 하교해서 집으로 돌아오는 시간이면 퇴근할 수 있어서 이보다 더 최적의 일자리가 있겠나 싶었다.

이력서를 써서 센터로 전화를 걸어 직함이 실장이라는 남자와 면접 시간을 조율하고 나니 마치 이미 채용이 된 것 같은 기분마저 들었다.

다음날 약속한 시간에 맞춰 센터에 도착하니 이력서를 받아 든 실장이라는 젊은 청년이 난감해 하며 혹시 구인 광고에 나이 제한

214

이 안 올라와 있더냐고 내게 되려 물었다.

구인 광고에는 정확하게 32세로 나이 제한이 되어 있었는데 아마도 그보다 여덟 살이나 많은 마흔의 내가 이력서를 내밀어서 그런 것 같았다. 젊은 청년 실장은 이 여자는 뭐냐? 하는 눈빛으로 나를 바라보았다. 알면서 왜, 뭣 하러 지원했나 하는 눈빛이었다. 하지만 나는 굴하지 않고 당당하게 32세처럼 일할 수 있다고 말했고 실장은 연락을 줄 테니 돌아가서 기다리라는 말과 함께 면접이 끝이 났다.

무슨 피트니스센터에 고난도의 업무가 있다고 나이를 제한하나 싶었다. 나는 꼭 그 시간대의 일이 필요했고, 어떤 대단한 업무가 있는지는 몰라도 반드시 잘할 자신이 있었다.

그런데 이틀이 지나도록 연락이 없었다. 신문의 구인 광고란에 아직도 광고가 내려지지 않았던 걸로 보아 채용이 결정되지 않았을 가능성이 크다고 생각했다.

기다리다가 궁금해서 속이 뒤집어지느니 전화해서 내가 떨어진 건지 아니면 아직도 면접이 물밀듯 밀려와 진행 중인지를 물어보는 것이 낫겠단 생각이 들었다.

전화를 걸었다. 마침 실장이 받았다.

이틀 전에 면접 본 홍 반장이다. 나는 떨어진 것이냐 아니면 아직 결정이 안 된 것이냐 물었더니 실장은 우물쭈물하면서 "저…. 그게

215   비로소 웃습니다

저희가 분명 32세로 나이 제한을 올렸는데 홍 반장님이 지원하셔서…" 라며 얼버무렸다. 내 생각이 맞았다. 그는 40세인 내가 용감하게 지원해서 당황했으니, 나의 이력서는 책상 속 어딘가에 처박혔을 게 분명했다.

"그렇지만 저는 32세보다 훨씬 더 일을 잘할 겁니다. 저 일 안 시켜 보셨잖아요. 무슨 어려운 일이기에 32세로 나이 제한을 하신 건지는 모르겠지만 33세부터는 절대로 못 할 일인가요?"

당돌하게 물었다. "그건…. 그런 건 아니지만…." 실장이라는 청년의 목소리에 어이없음이 가득 묻어났다. 그때 전화기 너머에서 중년의 남자 목소리가 무슨 전화냐고 묻고 있었다.

실장은 잠시만요. 라고 하더니 전화기를 막고 이 상황을 전달하는 모양이었다.

잠시 후 실장이 전화기 너머로 돌아왔다.

"저, 홍 반장님?"

"네."

"언제 시간이 되십니까? 사장님께서 한번 나와 보라고 하시는데요."

"지금 갈 수 있습니다."

그래서 얼떨결에 이때까지 한 번도 없었다던 헬스클럽 역사상 최초의 2차 면접을 보게 되었다. 가면서 생각해 보니 좀 웃긴 거 같긴 했다. 절박한 취준생처럼 여기에 운명을 건 것도 아니면서, 무슨 복지가 엄청난 대기업 입사 면접도 아닌데 그토록 도전적일 수가 있었을까 생각하니 실장이란 청년의 눈에는 얼마나 어이없는 아줌마로 보일까 싶었다. 어쨌든 이왕 이력서를 냈으니 꼭 붙고 싶었고 나에겐 그 일자리가 딱 맞았다.

그 시간에 일하게 된다면 아이들에게 엄마의 부재를 느끼지 않게 하면서 반찬값 정도는 충분히 보탤 수 있겠다는 생각에 2차 면접을 위해 씩씩하게 센터로 향했다.

신나는 음악이 흐르고 있는 헬스장에 도착했다. 마치 이 센터에 약 8년 정도 다닌 사람처럼 매우 익숙하게 걸어 들어갔다.

때마침 점심시간이어서 식사가 배달되어 센터의 근무자들, 실장 및 트레이너와 요가 선생으로 보이는 예쁜 아가씨가 막 식사하려는 중이었고, 사장처럼 보이는 사람은 눈에 띄지 않았다. 내가 들어서자 주춤주춤 모두 일어서길래 손사래를 치며 그냥 앉아서 편히 식사 하라고 해놓고서 천천히 좀 둘러보니 첫 번 왔을 땐 미처 보지 못했던 센터 내부가 그제야 눈에 들어왔다.

센터는 아주 깔끔하고 시설이 좋아 보였다. 당시 평균 시급보다 다소 높게 책정되어 있던 그곳의 시급이 시설과 아주 잘 어울리는 것 같아 더욱 마음에 들었다.

'그래, 좋아 딱 좋아. 내 기필코 여기로 출근하리라.'

비로소 웃습니다

그런 생각에 약간 기분이 흥분되면서 입가에는 미소가 절로 퍼졌다.

"사장님은 홍 반장님이 이렇게 빨리 오실 줄 모르고 좀 전에 식사하러 나가셨어요. 잠시만 여기서 기다려 주세요." 라고 하더니 사장님께 전화를 걸어 내가 벌써 도착했다는 것을 알렸다.

그들이 편히 앉아 식사할 수 있게 보이지 않는 위치에 자리를 잡고 앉았다. 그때 안내데스크 아래로 막 걷어놓은 수건이며 운동복이 아무렇게나 널브러져 있는 게 보였다. 놀면 뭐 하나. 남들 밥 먹는 거 빤히 쳐다보고 있는 것도 민망하고 해서 자리에 앉아 운동복과 수건을 정리하기 시작했다. 그러면서 속으로 '혹시 나를 뽑지 않는다고 해도 내가 이 정도는 개켜주고 갈 수 있지 뭐. 고맙지?' 하면서 누가 시키지도 않았는데 어질러진 꼴을 못 보고 순식간에 다 개켜서 정리 해버리고 말았다.

눈을 들어 수건과 운동복이 놓여 있는 장을 보니 왜 이렇게 각을 못 맞추는 것이냐.

개켜 놓은 모양새가 삐뚤빼뚤한 것이 운동복 하나만 꺼내고 싶은데 두세 벌이 나 불렀수? 하면서 딸려 나오게 생겼다. 뭐 마음에 들진 않았지만, 그것까지 다 꺼내서 개키자니 너무나 그곳에 취직하고 싶은 나머지 비굴해지는 것 같아 그냥 방금 개킨 것들만 가지런히 정리해서 넣었다.

식사가 끝난 실장이 내가 앉아있던 안내 데스크 쪽으로 오더니 수건과 운동복을 다 정리 해버린 속도와 모양을 보고는 동공이 흔들리며 눈동자가 지구만큼 확장되며 놀라는 게 아닌가.

"아니 이걸…. 이건."

"아아…. 우두커니 앉아있으면 뭐 해요. 그래서 그냥 정리했어요. 심심해서…."

"그게 아니라 저희가 개키는 방법이 있는데…."

"아, 걱정하지 마세요. 하나 꺼내보고 똑같이 개켰어요. 다른 거 같죠? 제가 좀 더 잘 개켜서 그래요. 히히"

"아 네. 감사합니다. 저희가 할 일인데 도와주셔서…."

"뽑아 달라고 해 놓은 거 아니니까 걱정하지 말아요. 그냥 심심해서 개켰어요. 남들 밥 먹는 거 보고 있기도 그렇고 그냥 우두커니 앉아 있기도 뭣해서요. 진짜 괜찮습니다."

실장과 이야기를 나누는 도중에 사장이 들어왔다. 나보다 열 살쯤 많아 보이는 남자는 들어오면서 이미 나보다 수건과 운동복 진열장이 먼저 눈에 들어왔는지 시선을 떼지 못하고 쳐다보았다.

"오늘 무슨 일이야 이거…. 아, 이 분이신가?"

"네. 꽤 한참 기다리셨어요."

"아이고, 죄송합니다. 이쪽으로 오시죠." 라며 소파가 있는 쪽으로 손을 내밀다 말고

비로소 웃습니다

"오늘 저거 누가 개켰냐? 무슨 일인고." 라고 했다.

그러자 실장이 냉큼

"아, 그게, 저희 식사하는 동안 홍 반장님이 다 정리해 놓으셨습니다."

"아, 그래?"

순간 사장의 입이 살며시 귀에 걸리는 걸 내가 보고 말았지. 뭔가. 흐흐흐. 됐다 됐어. 속으로 휘파람을 불었다.

"홍 선생님은 저희가 32세 미만의 직원을 구한다고 올려놨다는데 어떻게 지원하실 생각을 하셨습니까?"

"저는 32세보다 일을 더 잘할 자신이 있어서입니다. 일단 면접이라도 봐야 제가 잘할 수 있다고 말씀드리고 기회를 얻을 수 있으니까요. 저는 정말 성실하게 일할 거거든요."

"아, 그러네요. 맞는 말씀입니다."

"집도 가깝고 아이들이 아직 어려서 저는 여기에서 꼭 일하고 싶습니다. 물론 집이 십 리 밖이어도 절대 지각은 안 할 거지만요."

사장은 빙그레 미소를 짓더니

"그럼 언제부터 근무하실 수 있습니까?"

라고, 물었는데 그날이 목요일이었다. 그래서

"절대 안 된다고 하시면 내일부터라도 당장 가능합니다. 그렇지만 저에게 여유를 좀 주신다면 아이들에게 엄마가 아주 좋은 곳에 취직해서 일하게 되었다고 말하고 이것저것 좀 안전하게 당부하고 교육을 시킨 다음 출근하고 싶습니다. 그래서 결론은 월요일부터 출근하게 해주시면 매우 감사하겠습니다."

"그럼, 월요일부터 나오십시오."

그렇게 해서 결혼 후 첫 직장을 갖게 되었다. 물론 아르바이트이 긴 했지만.

그해의 최저시급 4,580원보다 420원이 더 많은 시간당 5천 원을 받고 당당히 합격하였다.

센터에서 내가 하는 일은 안내 데스크에서 회원 등록을 도와주고 수건과 운동복과 락커등을 관리하는 일이었다. 사장은 그날 이미 운동복과 수건 개키는 솜씨에 보통으로 반한 게 아니었기 때문에 나에게 아주 호의적이었다. 그도 그럴 것이 내가 일하는 방식을 사장은 무척 만족해 했다.

게다가 원래 근무 시간이 다섯 시간이 안 되면 아르바이트 직원에게는 보통 점심 식사를 제공하지 않았는데 출근 후 며칠이 지나 점심시간에 센터로 들어온 사장이 노발대발하며 홍 선생에겐 왜 식사를 제공하지 않냐고 실장에게 식사 제공을 명령하는 바람에 알바 사상 또 최초로 점심 식사의 복지까지 누리게 되었다. 다 먹고 살자고 하는 일인데 밥은 정말로 중요한 것이라 매우 기쁘고 신이 났다.

무엇보다 내가 근무하면서부터 구경 삼아 센터에 들른 사람들까지 매일 운동해야겠다는 굳은 결심을 하며 결국엔 그냥 나가는 법 없이 대부분 등록하게 되었고, 새로운 회원의 등록이 보통 1개월이나 3개월 단위가 많았는데 6개월, 1년 단위로 등록하는 회원이 점점 늘어나면서 사장은 보너스는 물론 운동복이나 락커 제공 등의 권한까지 나에게 주었다. 나의 안내가 정말로 굉장한 영업력이라는 칭찬과 함께.

사장이 먼저 식사의 복지를 제공했으니 나 역시 거저 밥을 먹을 순 없지 않겠는가. 사회란 모름지기 주는 것이 있으면 받는 것도 있어야 보람찬 법이지. 게다가 이미 면접에서 32세보다 엄청나게 일을 잘해버릴 거라고 호언장담 하지 않았냔 말이다. 어떻게든 잘해버리고 있음을 보여주고 싶어서 더욱 열심히 했다.

나는 예의 바르고 문제를 일으키지 않는 회원들에게는 무료로 락커나 운동복을 제공하고 반말하거나 예의가 없는 회원들에겐 꼬박꼬박 사용료를 받는 등의 절대 권력을 누리게 되었다. 그러게 내가 뭐 그다지 동안도 아닌데 예의는 지켜주시지. 대뜸 반말은 용납할 수 없으니까.

또한 함께 일하는 선생님들 모두 나보다 어리고 예뻐서 그들에게 진심의 무한 사랑을 주었고 그들은 인생의 선배인 나에게 듣고 싶어 하는 이야기가 많았으니 우리는 곧 친해지게 되었다. 한번은

그들 앞에서 한창 유행했던 꼭짓점 댄스를 슬쩍 선보인 적이 있었
는데 그날 이후로 영원불멸의 인기까지 얻게 되었다. 겨우 맛보기
에 불과했건만.

그곳에서 그들과 함께 일할 때 아주 즐거웠고, 매우 재미있었다.

우리는 요즘도 가끔 만나는데 만날 때마다 그때 일을 자주 회상
한다.

"홍 샘 진짜 대박이었어요. 왜 자기 안 뽑냐고, 안 뽑으면 후회한
다고 막 그러시고. 와, 진짜 그런 사람 첨 봤어요." 라며.

내가 후회한다 그랬다고? 그건 협박인데? 전혀 생각 안 남.

세상은 내가 마음먹은 대로 되지 않는다. 물론 먹은 그 마음에 치
밀한 계획이 더해져도 절대 쉽지 않다. 그러나 아무것도 하지 않으
면 아무 일도 일어나지 않는다는 말은 정말 진리이다. 무언가 실행
해야 성공하거나 실패하거나 결과가 나올 테니까. 나는 실행을 두
려워하지 않았다. 해서 실패한다면 속은 상하겠지만 분명 다음을
위한 밑거름이 될 것이고, 만약 성공한다면 그보다 더 근사한 일은
없을 것이다. 14년을 전업주부로 살다가 세상으로 나오게 된 이 일
은 어떤 일 앞에서도 최선으로 성실하리라 마음먹고 그것을 지키
면 얼마나 많은 좋은 일들이 따라오는지를 보여 주는 사례가 되었
다. 기회를 얻고 사람을 얻는 일이 어디 노력 없이 오겠는가? 지지

리 운도 없다고 평생을 탓하고 산들 별 뾰족한 수는 나오지 않으니 일단 무슨 수를 내봐야 한다. 찔러봐야 뭐라도 나오는 인생의 법칙 속에서 혹시라도 찔렀는데 어이없게 피가 나올까 봐 걱정하지 마시라. 그때는 또 당황하지 말고 잘 치료해서 새살이 돋게 하면 될 일이다.

그 새벽의 그 사건

젊은 날, 날마다 바빴던 남편을 기다리던 밤은 무척 길었다. 아이들을 재워놓고 언제 올지 모르는 남편을 기다리느라 베란다 창가에 붙어 서서 계절이 지나가는 것을 보았다.

봄이 오면 열어둔 창문 틈으로 꽃내음이 들어왔고, 여름이면 늦은 시간까지 달빛을 따라 걷고 있는 연인들을 보았다. 가을이면 보도블록 가장자리로 몰려드는 낙엽의 바스락대는 소리를 들었고, 겨울이면 샛바람이라도 들어올까? 문을 꼭꼭 닫아둔 채 유리창 가득 하얗게 내 입김이 번지는 것을 보았다.

바쁘다는 것은 능력을 인정받아 일할 기회가 많아졌다는 뜻이기

비로소 웃습니다

도 했다. 그러나 그때는 몰랐다. 그 당연한 원리를 세월이 흐른 후에야 알았다. 아이들도 어렸고 나도 어려서 혼자 있는 긴 밤이 그저 무섭고 처량했을 뿐이었다.

휴대전화가 막 생기기 시작했을 때 남편은 이 편리한 문명을 가장 빨리 갖게 되었지만 가장 불편해하기도 했다. 집에 있으면 회사에서 찾는 전화, 회사에 있으면 집에서 찾는 전화. 남편은 자주 전화를 받지 않았고 전화를 걸어 잔소리하는 것을 극도로 싫어했다. 그 때문에 우리는 자주 다투었다.

그날도 자정이 넘어가자, 내 말에 날이 서기 시작했다. 집에 일찍 들어오는 게 그렇게 싫으면 아예 짐 싸서 나가라고 한바탕 잔소리를 하고 나니 남편이 전원을 꺼버렸다. 지금 같으면 전원 꺼질까 봐 두려워 서둘러 집으로 들어올 텐데 그때는 둘 다 젊음의 객기에 몸과 마음을 실었었다. 꺼진 전화기에다 자꾸 전화한들 무엇 하나. 시계는 1시를 지나가고 있는데 남편의 그림자는 동네 어디에도 비치지 않았다.

창문을 열고 혹시나 저만치에 멈춘 택시에서 남편이 내리려나 아파트 아래 도로를 하염없이 바라보고 있는데 마침 택시에서 한 남자가 내리고 그의 아내로 보이는 듯한 여자가 마중을 나온 건지 택시 안으로 손을 뻗어 택시비를 지불하는 것이 보였다. 택시가 떠나고 나자, 여자의 목소리가 조용한 밤하늘을 갈랐다.

"누구야, 누구냐고?"

"뭐가?"

"아까 여자가 전화 받았잖아. 당신 전화를 왜 낯선 여자가 받는
건데? 그것도 이 시간에…. 누구냐고, 누구냐고 오오."

"무슨 여자가 받았다고 그래?"

"분명히 처음에 여자가 받았다고."

"너 돌았나? 자다 봉창 두드리는 소리 그만해라. 택시비 없어서
나오라고 했더니 뭔 헛소리야?"

"말해 말하라고. 누구냐고 그년."

보아하니 남편을 기다리다 전화했는데 아마도 여자가 받은 모양
이었다. 근데 남자는 시치미를 뗐고, 이미 남편의 전화기 속에서 낯
선 여자의 목소리를 들어 버린 여자는 제정신이 아니었다.

그런데 시간은 새벽 1시가 지나고 있지 않은가. 그나마 도로에
아직 차들이 많이 지나다녀서 숨죽인 듯 조용한 새벽은 아니었지
만 두 사람의 목소리는 온 동네 사람들의 잠을 깨울 만큼 충분히
큰 소리였다. 창문을 열고 내다보고 있자니 나 말고도 여기저기 하
나둘씩 창문이 열리기 시작했다.

나는 그 상황을 본의 아니게 처음부터 봐서 알았지만, 시끄러운
바깥 상황이 못내 궁금해서 때마침 내다보기 시작한 동네 사람들

비로소 웃습니다

은 자초지종을 자세히 알 수 없었을 것이었다.

새벽 1시 20분이 지나가면서 취재의 열기가 불타올랐다. 이미 이성을 잃은 여자는 동네가 다 일어난다 해도 그만둘 생각이 전혀 없어 보였다. 여자는 움직이지도 않고 서 있는데 남자는 발길을 돌려 들어가려고 했다.

남자는 이를 악물고 여자에게

"사람들 다 자잖아. 조용히 해라."

"뭘 조용히 해 내가 지금 조용히 하게 생겼어? 말해 얼른 말하라고."

보아하니 남자가 켕기는 게 있어 보였다. 여자가 잘못 들었을 리 없다. 어떤 여자가 야심한 밤에 남편의 전화기 너머에서 들려오는 외간 여자의 목소리에 예민하지 않을 수가 있을까. 남자는 어쩌다 들켜 버렸는가. 전화를 받은 여자는 고의인가. 실수인가. 둘은 무슨 사이인데 그 시간까지 같이 있었는가. 진정 그 일은 그 남자의 아내, 그 여자만 궁금한 게 아니었다. 나도 몹시 궁금했다. 그런데 남자는 진실을 말할 생각이 전혀 없어 보였다. 여자의 목소리가 급기야 울먹이기 시작했다.

"시치미 뗄 거였음 조심을 하던가."

이제 여자는 자기가 들은 것과 자기가 말하고 있는 것을 확신하기 시작했다. 여자가 남자의 팔을 잡은 건지, 옷깃을 잡은 건지 어두워서 잘 보이진 않았지만 아마도 대충 그런 모양 같았다. 순간 남자가 여자를 향해 무섭고 거칠게 욕을 내뱉었다.

"이게 미쳤나 XX!"

괜히 내가 답답하고 화가 났다. 남자가 아무래도 석연치 않은데 지금 너무 속상한 아내를 향해 육두문자를 날린 것 아닌가?

그때 마침 창문을 열고 내다보던 사람들이 조금씩 웅성대기 시작했다. 마치 월드컵을 볼 때처럼 한 집 두 집 불이 켜지고 있는 것 같았다. 사위가 밝아오자 나는 창문을 열고 가만히 그 자리에 쭈그리고 앉았다. 창문을 열고 내다보면 소리가 아래로 퍼져 나가서 안 되겠단 생각에 똑바로 정면을 바라보며 한마디 던졌다.

"누가 봐도 남자가 이상하네."

순간 정적. 다시 남자.

"누구야? 뭐야? 어디야?"

남자가 내 목소리를 들었다. 일시 정지. 여자는 내 목소리를 듣지 못하고 한층 더 남편을 추궁하기 시작했다.

"딴말하지 말고…. 왜 말을 못 해? 맨날 늦게 들어오는 게 그년 때문이야?"

"이걸 그냥 콱. 야 너 미쳤냐? 그만해라, 사람들 내다보는 데 창피하지도 않냐?" 창피한 줄 알면 이런 일을 만들지 말았어야지.

나는 다시 한번 허공에 대고 소리쳤다.

비로소 웃습니다

"그러면 사실대로 말하든가 아니면 댁이 좀 일찍 일찍 다니든가
요."

이번엔 남자와 여자가 둘 다 들었다.

"누구야 너 어디야? 어떤 년이 참견이야?"

남자가 허공에 대고 악을 쓰는데 느닷없이 여자가 날 서지 않은
본래의 목소리로

"뭐야 우리한테 그러는 거야?"

여자는 내 목소리에 너무 당황한 나머지 갑자기 남자에게 목소
리의 진원지를 다정하게 묻네? 울면서 남편 추궁하다 말고 둘이
나 때문에 편 먹은 거? 내가 잠시 아무 말 안 하자 아래위 창문을
열고 취재차 얼굴을 내민 주민이란 타이틀의 기자들이 한마디씩
했다.

"거 좀 조용히 하쇼."

"지금 시간이 몇 시인 줄 아쇼?"

"당신들이 동네 전세 냈냐고. 들어가서 싸우든가 나 원 참."

그런데 남자는 이제 오직 나를 찾고 싶은 모양이었다.

"참견한 년 나와. 어디냐?"

남자의 아내와 함께 이제 나는 그 밤의 그년이 되고 말았다. 나름
약간 억울했다. 그래서 다시

"마누라가 바보도 아니고 이 시간에 외간 여자가 받았으면 끝난

거지. 지가 잘못해 놓고 왜 마누라한테 욕을 하고 그래? 뭐 잘했다고. 내가 처음부터 다 봤다 왜? 내가 어디 있는지 찾을 수는 있으시고요? 그리고 경고하는데 욕하지 마라."

남자는 위를 올려다보며 이제 아내가 아닌 나를 향해 자기가 들킨 것에 대해 분풀이를 하려나 보았다. 소리가 아래에서 위로 올라오는 걸 보니 목을 쳐들고 소리를 지르고 있는 것 같았다.

나는 정면으로 보이는 멀리 산 중턱에 시선을 꽂고 가만히 쭈그리고 앉았다.

"좋은 말로 할 때 나와라. 찾으면 죽여 버린다."

저가 날 찾으면 나는 오늘이 생애 마지막 날인 건가?

남자는 아내의 추궁이고 뭐고 오직 나를 찾는 것에 혈안이 되었다. 어둡기도 했고 벽 쪽으로는 나무가 서 있어서 그 아래에서 9층에 있는 나를 발견하기는 쉽지 않을 것이었다. 게다가 얼굴을 내밀고 말을 한 것도 아닌데 무슨 재주로 나를 찾을 것이야?

사실 나 역시 어두워서 그 여자와 남자의 형체만 보일 뿐 아까 남자가 욕을 할 때 여자가 당긴 것이 옷깃인지 머리끄덩이인지는 알 수 없었다.

그때 여자가 말했다.

"누군지 몰라도 틀린 말은 아니네. 봐, 누가 봐도 당신이 이상하다고. 아까 계속 전화 안 받다가 그 여자가 받은 거잖아. 뭐냐고 너

비로소 웃습니다

희 둘이 뭐냐고."

여자는 정신을 차리고 얼떨결에 먹은 편에 스스로 놀란 눈치였다. 밖은 두 사람의 말소리보다 조금 더 큰소리가 웅성거리기 시작했는데 너무 궁금해서 견딜 수가 없었다. 대체 몇 명 정도의 사람들이 창문을 열고 내다보고 있는지, 우리 집 언저리 어느 집에서 창문을 열고 내다보는지 말소리가 아주 가깝게 들려왔다.

그런데 그 웅성거리는 소리를 뚫고 담배 연기까지 솔솔 들어오네?

켁, 어떤 자식이 내다보면서 담배를 피우고 있나 보았다. 아래로는 나무가 있고, 길 건너로는 초등학교도 있는데 여기서 담배를 피운다고? 어디쯤에서 담배를 피우고 있는지 궁금해지기 시작해 얼굴을 내밀어 슬쩍 이 상황을 한 번 훑어보려고 조심스럽게 방충망을 열어젖혔다. 쪼그리고 앉은 채 열려니 힘이 들어가고 잘 안 열렸다. 문 여는 데 집중하느라 아래쪽에 신경을 못 썼는데 순간 남자의 목소리가 우렁차게 온 밤하늘을 가로질렀다.

"죽고 싶냐?"

여자가 잡은 팔을 뿌리치느라 아마도 여자 쪽으로 힘을 가한 것 같았다.

'때린 거야. 저건 때린 거야. 팔을 뿌리치는 척했지만 저건 때린 거야. 여자가 자꾸 다그치니 때리고 싶었던 거지. 들켰으니까, 들켜

서 성질이 났네. 났어. 이건 빼도 박도 못하는 거야.'

나 혼자 그런 생각으로 분노를 야금야금 챙기고 있는 사이 사람들의 웅성거리는 강도가 갑자기 최고치를 찍었다.

"어머, 미쳤나 봐! 자기 와이프한테 지금 욕한 거야?"

"누가 신고 좀 해요. 경찰 불러야 해."

"내버려둬요. 부부 싸움인데요. 뭘. 저런 건 괜히 참견했다 본전도 못 건져요."

"아뇨. 시끄러워서 그래요. 잠자다 말고 이게 무슨 아닌 밤중에 날벼락이래요."

그 순간을 틈타 살짝 고개를 내밀어 보았다. 순간 탁, 퍽. 여자가 남자를 때린 모양이었다. 어디를 때렸을까?

아 나 못 봤네. 못 봤어. 담배 연기의 주인공을 찾느라 보지 못했다. 남자는 여자에게 거친 욕을 내뱉었다. 그러면서도 연실 나를 찾으려는 건지 얼굴은 위쪽을 올려다보며 우리 아파트 벽을 훑고 있었고 내가 당당히 얼굴을 내밀었지만, 바른말 한 사람이 나란 걸 알리 없었다. 고개를 내밀고 내다보니 다들 아래쪽으로 시선이 향해 있고 위쪽 아래쪽 한 일곱 명에서 여덟 명쯤 그 새벽의 부부 싸움을 지켜보고 있었다.

빠르게 사태를 파악하고 담배를 피우며 빨갛게 불씨가 있는 담뱃재를 아래로 툭툭 털고 있는 옆 라인 아래 아랫집 남자도 스캔

비로소 웃습니다

완료!

조심스럽게 방충망과 창문을 닫고 멀리 보이는 산 중턱을 바라보며 다시 한번 소리쳤다.

"야! 넌 입에 걸레 물었냐? 니 마누라도 미친년이고 나도 미친년이냐? 내 보기엔 니가 제일 미친놈이다. 야."

"너 오늘 찾으면 죽여 버린다. 어디 있어 어디 있냐고. 너 진짜 안 나와?"

"네네, 찾으시면 나갈게요. 찾으실 수는 있으시고요? 나 찾다가 니 속 홀랑 뒤집힐 텐데 괜찮으시겠어요?"

그 순간 담배 연기와 함께 낄낄대는 남자의 웃음소리가 귓가에서 들리는 것처럼 가까운 걸 보니 옆 라인의 남자였다.

"웃지 말고 댁은 담배나 끄시고요. 어디서 담배를 처 피우고 계심?"

"나? 나야? 뭐냐?"

"그래요 너세요."

"누구냐 어딨어?"

이제 나를 찾는 남자는 그 새벽에 한 명에서 두 명으로 늘어났다. 내가 이렇게 남자들한테 인기 있는 캐릭터가 아닌데⋯. 여름밤은 점점 깊어져 가고 달은 밝은데 우리 아파트 우리 동은 한낮처럼 뜨거운 부부 싸움의 사건과 취재의 열기로 밤이 깊어지는 줄 몰랐다.

멀리서 사이렌 소리가 들리면서 경찰차 한 대가 다가왔다. 누가 신고를 한 모양이었다. 다시 창문을 열어 바깥 상황을 취재하려는 순간 엉덩이를 쿡쿡 쑤시는 발길. 고개를 들어보니 남편이었다. 사건에 집중하고 간섭하느라 현관문 소리를 못 들은 것이다.

"너 뭐하냐? 내가 밑에서 들으려니…. 아주 대단하시다. 참나…. 참…. 내 넌 줄 알았다."

"쉿, 쉿! 조용히 해. 잠깐만 조용히."

창문을 살며시 꼭 닫고 자리에서 일어나자 어이없다는 듯 바라보던 남편이, 택시에서 내리는데 아무래도 목소리가 나 같아서 싸우는 사람이 난 줄 알고 깜짝 놀라서 뛰어 올라왔다고 했다.

"그렇게 큰 소리로 말하면 어떡해. 저 남자는 안 들리겠지만 이 옆 라인 남자는 들릴 수도 있잖아요. 옆 라인 남자가 담배를 피워서 연기가 올라오길래 내가 야단 좀 쳤단 말이야. 하마터면 들릴 뻔했네."

"들릴까 봐 겁은 나고? 야, 너는 참…. 아주 대박이다. 진짜."

"그걸 이제 알았어? 동네 평화 유지하고 싶으면 일찍 일찍 다녀. 자기 안 와서 내다보고 있다가 온 동네 참견 다 해버리기 전에."

그날은 남편의 늦은 귀가에도 불구하고 싸우지 않았다.

남편이 어떻게 된 거냐고 묻는 바람에 그거 다 이야기 해주느라 정작 늦게 들어온 남편에게 잔소리도 못 하고 잠이 들었다.

　　　　　　　　　　　비로소 웃습니다

그 사건 이후 남편은 늦어질 것 같은 일이 생기면 대충 몇 시쯤 귀가할 것 같으니 절대 창문 열지 말고 기다리라고 간곡히 부탁했다.

'약속한 시각 넘으면 나 창문 열어버린다.' 그 말이 남편에게는 납량특집보다 더 무서운 공포가 되었다.

부부는 참 이중적인 관계다. 가장 가깝고 가장 멀다. 제일 사랑하고 제일 밉다. 부부든, 친구든, 부모 자식이든, 노사든 서로가 약속만 잘 지킨다면 한밤중에 아파트 단지를 깨우는 일은 벌어지지 않을 텐데 말이다.

어차피 이런 관계는 끊으려야 끊을 수 없는 연결고리로 이어져 있으니 이왕이면 줄이 끊어질까 불안해하지 않으며 평생을 산다면 더 좋지 않은가. 공동 주택에서 흡연의 질서 같은 단순한 공중도덕을 지키는 것 또한 소란을 예방할 수 있는 선한 노력의 첫걸음이 된다는 것을 알았으면 좋겠다. 물론 그날은 나도 소란에 참여한 자가 되었지만.

사회는 사실, 선보다 질서가 유지되어야 함이 더 맞을지도 모른다.

사람의 관계는 따뜻한 마음이 우선일지 몰라도 사회의 유지는 약속이고 질서이다. 질서는 우리의 평범한 일상을 특별하게 만들어 주는 위대한 장치가 틀림없다.

소울메이트

살다 보면 우리는 다양한 인연을 만난다. 가족이란 이름의 부모와 형제자매, 또 남편과 자녀, 친구와 선후배, 직장 동료와 상사, 특정 단체의 공동체.

이들은 우리를 기쁘게도 하고 슬프게도 한다. 모두 기쁨만 주지 않고 모두 슬픔만 주지 않는다. 더러 같은 사람이 기쁨과 슬픔을 번갈아 주기도 하고 기쁨은 눈곱만큼 주고, 슬픔으로 줄 때는 보따리 풀어놓듯 대방출하기도 한다. 나에게는 희생과 배려를 요구하고 자신은 사랑과 인내를 전혀 모르는 사람처럼 구는 이들도 있다. 물론 그중에 나는 별로 해준 것이 없는데 언제나 과하게 넘치는 사랑을 받았어. 하는 경우도 드물게 있지만 그런 경우 대다수는 결정적

237   비로소 웃습니다

순간에 상대방의 본전 심리가 작용해서 내가 너한테 어떻게 했는데…. 라는 한 오백 년 타령으로 이어지기 쉽다.

그 타령이 길어지면 결국 이별을 통보받고 그제야 왜 그랬나 땅을 치고 후회하지만 그래봤자 떠난 자는 돌아오지 않고, 반대로 오냐 너 잘 사나 보자는 식의 아리랑 타령으로 이를 부득부득 갈아도 잘 사는 놈은 잘살고 결국 이만 상하고 남는 건 상처뿐이다.

사랑이나 우정이나 의리나 충성은 준 것으로 잊어야 한다. 내가 마음과 영혼을 갈아 넣었다고 해서 서로의 마음이 제대로 약효를 발휘해 시들지 않고 영원불멸로 이어지는 사랑의 효능 따위는 드물다.

다행히 눈물 나게 고마운 마음이어서, 영원히 잊지 않겠다고 다짐하느라 마음에 적고 수첩에 적고, 일기장에 적고, 내 컴퓨터 하드나 핸드폰에 저장해 둔다고 해도 컴퓨터는 바이러스의 공격을 받을 수 있고, 핸드폰은 고장이나 액정 깨짐 등의 어이없음을 가져올 수 있다. 물론 수리를 맡겨 복원하면 된다고 하겠지만 어떤 경우엔 복원할 수도 없게 아예 잃어버리는 불상사가 생겨 버리는, 우리 인생의 머피 씨는 어떤 법칙을 가지고 깊이 개입하기도 한다. 노트에 적어두고도 적어둔 걸 못 찾아서 잊어버리기도 하고, 나이가 들어 내가 적어 둔 내 글씨가 안 보이는 노안의 횡포와도 만난다. 그것이 나의 경우건 상대방의 경우건 같다는 것이다. 그래서 세상엔 억울한 사람이 그렇지 않은 사람보다 훨씬 많은 법이다.

상처를 받았다고 하는 사람은 늘 자기가 준 것이 돌아오지 않아 약이 오르고, 아주 드물게 자기가 상처를 준 쪽이라고 시인하는 경우는, 알 수 없는 거대한 힘에 이끌려 궁중을 휘젓고 다니는 병치레 중일 확률이 높다. 말하자면 공주병!

내가 너한테 어떻게 했는데 이럴 수가 있어? 하는 사람은 차라리 그렇게 안 해야 했다. 상처받았다고 동네방네 떠들고 다니지 말고 나의 안목 없음을 한탄해야 할 일이다. 나 역시 주로 이 경우에 해당한다. 그나마 튼튼한 뒤통수 덕분에 아직 무너지지 않고 마음을 잘 다스리고 있지만, 가끔은 아주 세게 가격당한 뒤통수를 오래 치료한 적이 있다. 그리고 또 다른 경우는 오직 자기는 받기만 했다고 주장하는 사람의 경우다.

나는 사랑을 주지 못했는데 저 사람이 나를 너무 사랑해 주어서 미안해 죽겠어. 라는 말 같지도 않은 경우를 볼 수 있는데 1조 1만 년 만에 목욕하는 거지 땟국물 같은 헛소리는 집어치우라고 하고 싶다. 알았다면 사랑을 받고도 전혀 갚지 못할 만큼 양심이 없거나, 몰랐다면 지금 그 사람도 궁중에서 버선발로 머리에 꽃이나 꽂고 다니는 적통 공주가 아닌 서출 옹주일 확률이 매우 높다. 이것 또한 좋지 않은 공주병!

그런 모든 경우를 다 미루어 볼 때, 나에게는 이런 복잡하고도 미

비로소 웃습니다

묘한 감정들 사이를 매끈하게 지나가는 소울메이트가 있다. 그 친구는 결혼 전까지는 내가 가장 자주 만나던 친구이고 우리 둘은 어떤 주제든 어떤 장르든 대화의 벽을 느낀 적이 단 한 번도 없는 확실한 죽마고우이다.

정서적 결이 너무 잘 맞아서 간혹 우리가 결혼한다면 진짜 재미있게 살지 않을까. 라는 추측을 해 보았으나 그는 나에게, 나는 그에게 도무지 느껴지지 않는 이성의 감정을 어떻게 불러와야 하는지 알지 못해 결국 연인으로 발전하지 못했다.

게다가 친구는 자기 연인의 조건 1번에 예뻐야 한다는 전제가 있어서 어차피 나는 그 친구가 원하는 범위에 들어가지 않았고, 나 또한 대한민국 제일의 외모지상주의자라서 키도 작고 결코 잘 생기지 못한 그 친구가 내 눈과 마음에서 이성적 감정의 불을 지피지 못했다. 그러고는 항상 자기의 외모 기준이 높음을 강조하며 서로 왜 안 되는지 정녕 거울은 보지 않는 것이냐며 타박을 해댔다.

솔직히 친구의 외모만 본다면 대체 여자들이 얘를 왜 좋아할까 싶은 의문이 들지만 친구에게는 언제나 어마어마한 미모의 여자 친구가 있었다.

친구는 매우 유머러스하고 박식한 데다 기가 막히게 노래를 잘 불렀다. 대개 이 친구의 외모만 보고 별 관심이 없던 여자들도 친구와 두세 시간 이야기를 나누거나 노래방에 한 번 같이 가게 되면

콩인지 깍지인지 모를 것들이 눈꺼풀에 씌어 정신을 못 차리고 친구를 좋아했다.

나는 아주 가까이에서 그런 기이한 현상을 자주 목격한 터라 외모가 아니어도 이성에게 매력을 느끼게 하는 조건에는 여러 가지가 있다. 라는 결론으로 논문을 쓸 뻔하였다.

그리고 그의 여자 친구들은 처음엔 친구와 너무 친한 나를 경계하다가 자기 남자 친구를 정확히 알고 나면 홍 반장 언니는 내 적수가 아니구나 라는 생각을 하게 되는 건지 도통 나를 절대 경계하지 않고 그렇게나 친한 척을 해댔다.

저 좋다는 여자가 많았던 탓에 친구는 여자 친구가 자주 바뀌었다. 그때마다 나는 박혁거세가 말이 낳은 알에서 나왔다는 놀라운 설화보다 너의 여자 친구가 자주 바뀌는 것이 더욱 놀라운 설화여서 삼국유사에 몇 줄 추가해야 하는 거 아니냐고 놀리곤 했다. 그랬던 그가 이제 정착 하는 건가 싶을 만큼 정신이 나간 듯이 사랑하는 여자가 생겼다. 친구는 불에 덴 것처럼 뜨겁게 그 여자를 사랑했다.

둘은 결혼할 것이라 했고 나도 그렇게 될 거로 생각했지만 친구의 소울 메이트인 나의 객관적인 시각으론 그녀가 썩 마음에 들지는 않았다. 하지만 내 의견이나 생각 따위가 친구의 사랑에 미치는 영향은 매우 미미했다.

비로소 웃습니다

그리고 괜히 내 생각을 드러냈다간 우리의 친구 사이에 오해가 생길 수도 있겠다 싶어서 잠자코 둘의 사랑에 응원을 보냈을 뿐이었다.

그렇게 목숨처럼 사랑한다더니 두 사람은 결국 헤어졌다. 여자에게 다른 남자가 생겼다. 헤어지는 과정을 지켜보면서 친구가 견딜 수 없게 힘들어하니 속이 상했다. 속으로는 '그것 봐라! 여자는 여자가 정확하게 안다. 어쩐지 별로더라니….' 라고 생각했지만, 감히 입 밖으로 낼 수 없는 친구의 아픔이어서 그저 위로만 건넸을 뿐이었다.

그렇게 헤어졌다 다시 만났다를 몇 번 반복하더니 끝내 두 사람은 진짜 이별했다.

친구는 술을 마시면 울었다. 나는 여자와 헤어졌다고 우는 남자가 있다는 사실을 처음 알았다. 친구는 노래방에 가면 언제나 마이크를 잡고 그렇게 꺼이꺼이 서럽게 울 수가 없었다.

친구의 슬픔이 밈 아프긴 했지만 뭐 그렇게까지 찌질하게 우나 싶고 세상은 넓고 여자는 많고 좋은 여자는 반드시 있다고 위로해 주었지만 내 말이 친구의 귀에 들리는 것 같지는 않았다.

이별의 아픔은 생각보다 오래갔다. 이별 후 친구는 김성호의 회상이라는 노래를 자주 불렀는데 노래를 부르노라면 항상 같은 구간에서 영락없이 눈물을 보였다.

[찢어진 사진 한 장 남지 않았네. 엉엉엉]

이별의 아픔으로 길게 아파하며 우는 친구가 내 남동생 같아 사실은 뒤통수를 한 대 갈기고 싶었다. 작작 해라 여자가 개밖에 없냐? 라고 속으론 수없이 외치기도 했다.

지금 같으면 휴대전화 갤러리 속에 둘이 찍은 사진이 그득그득할 것이고, SNS만 뒤져도 여행용 가방으로 한 가방은 나올 것인데 그때는 필름 카메라 시절이라 사진을 찍어도 찾아서 보관해 두지 않으면 찢어진 사진 한 장이 남지 않을 수밖에 없었다.

그러던 어느 날 내 사진첩을 정리하다 보니 녀석의 여자 친구가 내 친구들과 함께 놀이동산에 놀러 가서 친구들 틈에 끼어 찍은 사진이 한 장 발견되었다. 나는 그 여자가 보일 듯 말 듯 하게 사진을 찢었다.

그리고는, 한 번만 더 찢어진 사진 타령 해봐라 하는 심정으로 핸드백에 넣어두었는데 얼마 후 친구는 또 술을 마시고 노래방에서 노래를 부르며, 어찌 보면 이별 그 자체에 취했나 싶게 더 이상 나올 것 같지 않은 눈물을 짜내는 순간 가방에 넣어두었던 찢어진 사진을 꺼내서 친구를 향해 휙 던졌다.

하필 내가 그녀 옆에 서 있어서 나를 소중하게 피해서 찢었더니 그 여자의 얼굴이 좀 우습게 찢어졌던가? 한참 사진을 들여다보던 녀석이 웃기 시작했다. 어찌나 허리가 휠 정도로 웃어대는지 마침

내 이별의 아픔으로 애가 실성한 줄 알았다.

그날 이후 친구는 더 이상 찢어진 사진 타령을 하지 않았다. 깨끗하게 이별도 찢은 모양이었다. 시간이 흐른 뒤 그때 왜 그렇게 웃었냐고 물어보니 사진의 찢어진 모양에 반쯤 걸쳐진 자기 손이 마치 욕을 하는 것처럼 보여서 속이 시원해서 웃었다고 했다.

친구는 바람난 여자 친구와 헤어져서 슬픈 게 아니라 욕 한마디 못 하고 너무 인격적으로 보내준 것에 대한 눈물이었나 보았다. 사진을 적절히 찢어 준 나를 하마터면 사랑할 뻔했다니 사진이 두 장이 아니었던 게 서로에게 얼마나 다행한 일인지 모른다.

영원히 변하지 않을 것 같은 사랑도 변하고 내 사랑을 회수하지 못하면 억울하다. 헤어지는 마당에 욕 한마디 안 하고 멋진 척하고 보내줘 봐야 진심을 외면한 척일 뿐이고. 그러니 주는 것으로 만족해야 하는 사랑과 우정이 아니겠는가. 내가 사랑을 달라고 했나요? 라고 하면 할 말이 없어서 요샌 쥐도 없고 어느 구멍에 숨냐 말이다.

그저 주기만 하자. 돌려받을 것에 큰 뜻 품지 말고 사랑하는 것으로 만족하자. 아이는 세상에 태어난 것으로 부모에게 효도를 다 한 것이라는 말이 있지 않은가. 그저 존재함을 감사해야 할 인생이다. 그나마 혼자가 아니라 외롭지 않다면 이 얼마나 다행한 일인가 말이다.

필요만큼의 라클이

◇◆◇

15년간 함께 했던 S를 보낼 때 눈물이 났다. 나의 손과 발이 되어 주느라 많이 고생한 S는 성능과 충성도 면에서 단연 최고였다.

처음 만났을 때 S는 수많은 차 사이에서 고급스러운 진주 펄의 광택을 뽐내며 나를 유혹했다. S의 유혹에 홀딱 넘어가서 다소 무리한 선택을 했지만, S를 만나서 정말 열심히 일했고, 남편이 암 치료를 받을 때 바쁜 일정을 소화하느라 많이 움직였으며, 아이들의 기숙사와 부대를 오가면서 바쁜 시간을 살아낼 때도 S는 늘 나의 친구이고 쉴 곳이었다.

S를 만나고 얼마 지나지 않아 뜻하지 않은 사고가 있었을 땐 S가

비로소 웃습니다

나랑 안 맞는 건가 고민했지만 적응 기간이 끝나고부터는 쭉 별 탈 없이 충성을 다했다. 어디를 가든, 누구와 가든 주로 내 차로 이동하게 되는 경우가 많아서 그랬는지 S는 나와 함께 만 14년을 보내며 30만이라는 버거운 거리를 오갔다.

그러더니 이 아이가 작년부터 자주, 그리고 많이 아팠다.

'나를 떠날 때가 됐구나.' 생각은 했지만 선뜻 보내기가 쉽지 않았다.

아버지께서 타시다가 면허증을 반납하시면서 넘겨주신 귀여운 M이 있긴 하지만 주된 동력은 15년을 함께한 S였기에 보내는 것을 쉽게 결정할 수 없었다.

게다가 남편의 암 치료로 인해 여유가 없는 경제적 상황으로 새 차를 만날 여력이 되지 못했다. 그러던 중 아들을 만나러 가는 고속도로에서 S가 뜨거워지더니 결국 연기를 내며 비명을 질렀다. 견인차를 불러 가까운 정비업체로 보내고 나서 그때부터 고민이 시작되었다. 이젠 정말 갈 때가 됐구나, 보내줘야 하는구나.

남편 지인의 돌봄 서비스를 꼼꼼히 받아왔기에 그나마 잘 버틴 것이지 보냈어도 벌써 보냈어야 할 상태였음은 말할 필요도 없었다.

그렇지만 S를 보내고 나면 매일 출근도 해야 하고, 가까이 계신 양가 부모님을 살피기에 절실하게 필요한 이동 수단을 반드시 장만해야 했으므로 우리의 고민은 깊어졌다.

새로운 아이를 만나자니 요즘은 1년 가까이 기다려야 만날 수 있다고 하고 조금 다녀 본 중고를 데려오자니 그 값이 새로 태어난 아이들만큼 높이 치솟아 있었다. 이러지도 저러지도 못하는 상황이었지만 S를 더 운행하는 것은 위험한 모험이었다.

S의 상태가 더 이상 다른 곳으로 팔 수도 없는 상태여서 폐차를 결정하고 그간의 노고를 가장 높이 알아주는 몇 군데의 견적을 받아본 후 그중에서 가장 큰 칭찬과 박수를 쳐 준 곳으로 S를 보냈다.

정작 제대로 인사도 하지 못했을 만큼 너무나 간단한 절차를 거쳐 S가 내 곁을 떠나갔다. 끝까지 희생하며 남겨준 보은의 증거는 S가 아파트 주차장을 빠져나가기도 전에 통장으로 입금이 되었다. 보은은 내가 해야 하는데 S는 이렇게 마지막까지 고철의 이름으로 내 통장에 헌신을 다해 주었다. S를 데려가기 위해 오신 기사님께 키를 넘겨주고 S의 등을 두드리며 말했다.

"그동안 정말 고생 많았어. 나 만나서 너무 힘들었지? 애 많이 썼다. 고마워. 잘 가, 잘 가라."

이별은 어찌나 슬픈지 S의 모습이 보이지 않을 때까지 한참 동안 바라보며 서 있었는데 눈물이 생각보다 길었다.

S가 가고 나서 날마다 아버지의 귀여운 M과 함께 출퇴근했다. 작년에 어머님이 돌아가신 후, 홀로 계신 아버님께 반찬이나 빨래

비로소 웃습니다

한 것을 가져다드려야 하고, 양가 부모님들을 병원에 모시고 갈 때 남편이 주로 사용하던 M을 내가 출퇴근용으로 사용하니 부모님을 찾아뵙는 일들이 점점 불편해지기 시작해서 새 차가 시급하게 필요했다. 남편과 머리를 맞대고 고민했지만 금방 결정을 내리기엔 신차구입 비용이 우리에겐 만만치 않았다. S의 마지막이 임박했음을 알고부터 무거워지기 시작한 마음은 그 아이를 보내고 나서 절정에 다다랐다. 비용의 문제와 시간의 문제가 쉽게 해결되지 않았다.

S가 아주 아팠던 지난 4월, 그때 S를 보내고 새로운 아이를 맞을까? 했을 때 아들들이 우선 한번 싹 치료해서 좀 더 타보는 게 어떻겠냐고 제안하며 큰아들이 치료비용 일체를 부담해 주었다. 그날 내가 동생을 만나 울상을 짓자, 큰아이가 그리 말하고 치료비용도 주었다면 아마도 새 차에 대한 계획을 세우고 있거나 맞을 준비를 하고 있으면서 아빠 엄마를 놀라게 해 주려고 그러는 게 아닐까라고 했다가 나 너무 넘겨짚는 건가? 라고 했다가 여러 가지 추측이 난무했다.

그렇게 시간이 지나고 마침내 S가 떠났는데 아이들은 자꾸만 좀 더 생각해 보자고 하니 왠지 새 아이를 데려오는 것에 자꾸 반대하는 것 같아 마음이 슬슬 서운하고 서러워지기 시작했다. 남편과 둘이 있을 땐 애들이 우리가 새 차를 사면 자기들이 좀 도와줘야 할 것 같아 계속 반대하는 것이냐며 서운한 마음을 토로하였다.

동생과 통화를 하는데 동생이 "S가 가고 없는데도 별말이 없어? 내가 잘못 짚었나. 이상하다 딱 그럴 것 같았는데…. 괜히 김칫국만 한 사발 드링킹했네."라며 멋쩍게 웃었다.

그렇게 S가 떠난 지 2주가 되던 어느 날 오후, 남편에게 전화가 왔다. H 자동차에 다니는 교회 집사님으로부터 전화가 왔는데 우리의 새 차가 내일 나온다고 했다는 것이다.

"무슨 말이야? 무슨 차? 나오긴 뭐가 나와?"

"나도 잘 모르겠는데 내일 우리 새 차가 나온다는 말이었어."

"우리가 차를 산 적이 없는데 어떻게 나온다는 거예요?"

이렇게 부부 대화에 장벽이 있어서야 원. 무슨 남남북녀도 아니고.

답답한 내가 집사님께 전화를 걸었다.

"집사님, 무슨 말씀인지요? 애들 아빠한테 전화가 왔는데 차가 나온다고 하셨다고…."

"아이고, 아직도 애들이 얘기를 안 했나요? 작년에요, 애들이 집사님 생일에 맞춰서 엄마한테 선물한다고 차를 계약하러 왔더라고요. 근데 요즘 차가 출고되기까지 너무 오래 걸려서 애들이 애 많이 태웠어요."

"네? 우리 애들이요?"

비로소 웃습니다

전화기를 든 손이 자꾸만 떨려왔다.

새 아이를 맞는 일이 그리 간단한 일인가 말이다. 물론 마음먹은 것을 쉽게 할 수 있는 경제적 여유가 있다면 차 하나 마련하는 일이 뭐라고 이토록 길고 신중하게 생각할 일인가 싶겠지만 우리는 상황과 형편이 그랬다. 내가 결정하지 못하던 비용의 문제가 아이들에게는 사소한 일이겠는가.

어느새 눈물이 흐르고, 눈물을 불러온 이 감정의 생경함은 태어나서 처음 겪어보는 것이라 명확하게 표현할 수 없었다.

무슨 이런 엄마가 있단 말이냐. 새로운 차를 사려는데 시큰둥한 반응을 보인다고 아들들을 향해 속으로 서운해하질 않나, 투덜대질 않나… 기쁘면서도 가슴 한편이 아렸다.

드디어 새 차를 만나러 가는 날, 회사에서 근무 중이던 큰아들에게서 전화가 왔다.

"엄마, 안내받으신 장소로 가시면 우리의 새 식구 될 녀석이 기다리고 있을 거예요. 조심히 잘 데리고 오셔요."

남편과 함께 꼬맹이 M을 타고 집사님이 알려주신 장소로, 두근대고 고마운 마음을 안고 달려갔다. 가는 동안 남편과 나는 아무 말도 하지 않았다.

머릿속에선 수많은 언어가 지나갔다. 남편이 투병 중일 때 휴가 나왔다 돌아가는 길에서, 부모에게 아무 도움이 되지 못하는 자신이 너무 속상하다고 말하던 큰아이는 자라면서 우리의 마음을 아프게 한 적이 단 한번도 없는 아들이었다. 스스로 알아서 상위권의 성적을 유지하며 공부했고 동생을 살뜰히 챙기며 사랑하고 존경받는 형이 되었고, 이제는 부모에게 큰 도움과 용기를 주는 아들이 되었다. 병원에서 암과 사투를 벌이고 있는 아빠와, 일하고, 일하고 또 일하는 엄마에게 힘들단 내색 한 번 하지 않던 작은 아들도 어떤 일이든 군말 없이 형을 따라주고 우리에게 위로가 되어주니 아낌없이 주는 나무와 같은 아들들이 말할 수 없이 고맙고 가슴이 벅찼다.

문을 열고 들어간 그곳에 머릿속에서 감히 그려보지도 못했던 우리의 새 식구, 나의 발이 되어줄 새로운 S가 눈부신 자태를 뽐내며 기다리고 있었다.

어떤 색깔로 어떤 스타일의 옷을 차려입은 녀석일지 상상조차 해본 적이 없기 때문에 우리 부부는 이리 보고 저리 보며 사랑가의 한 소절처럼 새로운 S에게 금방 매료되었다. 아무래도 나는 금방 사랑에 빠지는 형인가 보다. 손끝으로 만져보니 은은한 광택감이 차갑고 매끈했다. 도도해 보이는 은은한 펄의 감촉이 내 몸을 휘감는 듯했다.

SUV의 옷을 입은 새로운 S를 타고 집으로 돌아왔다. 가장 필요

비로소 웃습니다

한 때에 가장 좋은 기적이 왔다. 떠난 S가 끝까지 최선을 다해 우리의 발이 되어주었기에 고마움은 더 컸고, 그 자리에 이렇게 완전히 다른 스타일의 새로운 S를 만난 일은 어찌나 감격적이고, 얼마나 큰 감동인지 모든 것을 향해 백 배의 감사가 흘러넘쳤다.

아들들이 섬겨주는 공경과 사랑의 마음 또한 이제 경제활동을 시작했으니 그럴 수 있다거나 그래야 한다는 생각의 당위로 여길 수 없는 고마운 기적이었다.

새로운 S가 우리 가족이 된 날 아들들에게 말했다.

"엄마는 이 모든 게 기적 같아. 아빠가 건강을 회복한 일과, 일자리를 얻게 된 일, 너희가 둘 다 경제적으로 독립하게 된 일, 그리고 이렇게 S가 오늘 우리 집에 온 것까지 모두 꿈만 같아. 이게 정말 기적이 아니고 무엇이겠니?"

작은아들이 웃으며 말했다.

"엄마, 그러면 우리 이 기적과 감사를 잊지 말자는 취지로 S에게 이름을 지어주면 어떨까요? 드림이 어때요? 아니면 라클이?"

"라클이?"

"네 미라클이요 기적! 우리 삶의 기적! 한국식으로 성은, 미 이름은 라클이 어때요?" 남편과 내가 동시에 환호했다.

"그래, 좋다. 라클이…." 그렇게 우리에게 기적처럼 온 S의 이름은 라클이가 되었다.

이 글을 쓰고 있는 지금도 여전히 눈물이 난다. 처음엔 아이들에게 미안한 마음뿐이었다. 하지만 라클이와의 만남은 아들들로 하여금 부모를 섬기는 것과 베푸는 것의 기쁨을 알게 했고, 남편과 나는 페라리가 부럽지 않고 람보르기니가 탐나지 않으니, 이보다 큰 미라클이 있겠는가 말이다.

아들들의 아름다운 마음을 한껏 품은 라클이가 나에게 왔으니, 이보다 더 큰 기적을 기대할쏘냐.

현대는 바야흐로 캥거루족의 포화 시대라고 한다. 부모는 끊임없이 주는 것을 당연하게 여기고, 자녀는 받는 것에 습관이 된 사회를 말한다. 그것이 쌍방 간 계획을 했든, 피치 못한 사정으로 그리되었든 간에 마침이 없는 부양의 의무 속에 부모는 지치고, 관계는 틀어진다. 요즘같이 자립이 힘든 사회에서 자녀는 더 주는 부모가 좋을 것이고, 부모가 자녀를 보험으로 생각지는 않겠지만 돌려받을 수 있다면 싫다 할 부모가 솔직히 있을까 싶다.

원하는 것이 없는 관계가 아름다운 관계임은 더 말하면 숨찰 일이다. 원하지 않아도 기쁘게 주고, 원하지 않았는데 받았다면 이보다 기쁜 기적은 없다. 그리고 생각해 보면 우리 인생에는 이런 라클이가 분명 있다. 더 기쁘게 필요를 채워가는 기적!

오늘, 내 인생을 벅차게 한 라클이를 한 번쯤 세어보는 것은 어떨지.

비로소 웃습니다

이름처럼

홍반장은 언제부터인지 모를 내 별명이다. 나는 어디를 가도 홍반장이다. 사실 홍반장과 더불어 따라오는 별명은 태오(태평양 오지랖)이기 때문에 어차피 홍반장과 태오, 둘 중 하나를 즐겨 썼어야 했다.

대학 진학을 위해 체력장 시험을 치르러 가던 날, 한 학교에 약 300명 정도씩 3개 학교가 모여 체력장을 진행하는데 우리 학교가 아닌 이웃 학교로 이동해서 시험을 치렀다.

총 900여 명이 모인 데다 서로 섞여 앉았으니 옆 친구들과 선생님들까지 얼굴을 모르는 상황에서 깃발을 들고 맨 앞을 진두지휘

하며 나가는 반장을 뽑는다는데, 나는 알고 있지 않는가. 내가 머리를 들고 있으면 반장이 된다는 것을. 그래서 머리를 운동장에 처박고 있었는데도 나는 그날 반장이 되고 말았다. 그때 알았다 나는 정수리도 반장이라는 사실을.

초등학교에 다니던 어느 해 비가 많이 내려 학교 앞에 꽤 깊은 웅덩이가 생긴 일이 있었다. 아무리 까치발을 들고 건너보아도 구정물이 올라와서 바짓가랑이를 적시고 말았던 역경 속 등교 날, 호기롭게 건너던 몇몇 중학생 오빠들이며 남자아이들도 다 흙탕물 뒤집어쓰는 걸 보고 있다가 너무 답답한 나머지 발을 동동 구르던 친구들을 비키게 하고 근처에 있던 돌과 판자를 옮겨와서 다리를 놓았다.

물론 혼자 한 건 아니다. 돌이 대충 몇 개 필요하니 너, 너, 너, 너는 돌을 집어 오고 너, 너, 너, 너는 나와 함께 판자를 나르자.

그렇게 건설한 다리는 웅덩이를 건너는 사람들에게 며칠간 질척거리는 땅을 밟지 않고 안전하고 깔끔하게 등교할 수 있는 편의시설이 되었다. 그 일을 계기로 아이들과 선생님들 사이에서 나는 홍반장이 되었다. 세월이 흐른 어느 날 김주혁, 엄정화 주연의 [어디선가 누군가에게 무슨 일이 생기면 틀림없이 나타난다. 홍반장] 영화가 나오고부터 더욱 홍반장이 되었다.

회사에 처음 왔을 때 진짜 조용히 살아보려고 마음먹었는데 딱 3

비로소 웃습니다

일이 지나자, 대표님께서 홍 반장님! 하고 부르시는 바람에 또 홍 반장이 되었다. 사실 그 3일을 가만히 생각해 보니 내 결단코 가만히 있었던 것 같진 않지만.

그나마 다행인 건 교회에서는 홍 반장이 아니라 홍 집사여서 기분이 새롭다. 홍반장이 싫은 날도 분명히 있었다. 귀찮고, 힘들고, 바쁘고, 무겁고.

그런데 지금은 내가 홍반장인 게 찰떡 콩떡같이 어울려서 참 좋다. 피 반장이나 계 반장이나 육 반장이면 발음도 어렵고 부르기도 쉽지 않았을 텐데 홍이 붙어서 입에 착착 감기니 얼마나 다행한 일인가.

누구에게나 주어진 인생의 몫이 있다. 다른 이에게 미룰 수 없고 안 하고 지나가기는 더욱 어려운 일들. 그 앞에서 이왕이면 홍반장처럼 사는 것도 나쁘지 않다.

삶을 수동적으로 살아온 사람들은 그것이 편할지 모르지만 내 앞에 능동이 있어야 하는 상황이 생긴다면 피하고 숨는 것만이 최선은 아닐 것이다.

물론 대충 살아도 인생은 살아진다. 때로는 나쁘지 않게, 가끔은 꽤 그럴싸하게.

열심히 살아온 게 억울해서 땅을 치고, 가슴 칠 일이 생길 수 있다. 가끔 어떤 이들에게는 대충 살아도 멋들어진 인생이 펼쳐지는 것을 본다. 그런데 나도 그러란 법은 없는 것이 인생이다.

사자와 뱀이 100m 달리기 경주를 했다. 같은 출발선에서 시작할 때 사자는 자신의 승리를 의심하지 않았다. 왜냐하면 자신은 밀림의 왕이니까. 그런데 예상과 달리 뱀이 이겼다. 몇 번 허리를 접었다 폈더니 도착해 버렸다. 사자는 이 불공평함을 참을 수 없었다. 서서 출발하라고 뱀에게 소리를 지르고, 둘은 다시 출발선에 섰다. 뱀도 나름 억울했지만, 하는 수 없이 서 있기 놉시 불편한 바디구조를 가지고 서서 다시 출발했다. 뱀은 몹시 불편한 체형 때문에 간신히 서 있자니 이기고 싶은 마음도 별로 없었다. 50m쯤 왔을 때 사자가 뒤를 돌아보니 뱀은 꼿꼿이 서서 용을 쓰며 채 10m도 오지 못했다. 사자가 만연에 웃음을 지으며 승리를 직감하는 그 순간 또다시 뱀이 이겨 버렸다. 이런 어이없음을 보았나. 뱀이 오다가 그만 넘어진 것이다. 뱀은 몹시 미안해하며 사자를 향해 "조심했는데 넘어졌어." 라고 말했다.

용을 써서 이기고 싶어도 못 이기는 세상이 우리가 사는 세상이고, 더러는 이길 마음 전혀 없는 뱀들이 수많은 이 사회의 사자들에게 기회를 주려고 해도 이기는 놈만 계속 이겨 버리는 게 이 세상이다. 또다시 다른 방법으로 한들, 과연 이길 수 있을 것인가.

우리는 토끼와 거북이의 경주만 배웠다. 게으름을 부리면 절대

이기지 못한다. 그러나 성실은 실력을 이긴다의 논리와 교육 속에서 살았다. 과연 그러한가. 살아보면 꼭 그렇지만은 않다는 것을 알게 된다.

가진 다리가 짧아서, 등 껍데기도 무거워서 뻔히 질 걸 알지만 그래도 성실이 이긴다는 교육속에 자랐으니 그저 성실로 실력을 어떻게든 이겨보려고, 그 열심의 승리를 증명해 보이려고 잠도 안 자고 가고 있다. 그때 달리기에서 뱀한테 진 주제의 사자가 나타나서 배낭 메고 가면 힘들지 않냐고 자꾸만 놀린다. 거북이의 등껍질을 손가락질하며 그렇게 무거운 배낭을 메고 어떻게 토끼를 이길 거냐고 깐죽댄다. 화가 난 거북이가 한마디 한다. "네 머리나 묶어. 남 신경 쓰지 말고. 그렇게 산발하고 다니니 뱀을 못 이기지."

슈퍼히어로도 하늘을 나는 망토나, 거미줄이 나오는 타이즈나 얼굴을 가리는 가면이 없으면 히어로가 될 수 없다.

어디서 박쥐의 슈퍼카를 지원 받거나 천둥을 가르는 망치나 방패 비스무리한 거라도 사서 들고 있어야 히어로 흉내라도 내면서 살 수 있을 텐데 말이다.

하지만 피차 맨 손일 것 같으면 해 볼 만하지 않은가. 사자의 갈퀴를 묶어버릴 고무줄 정도만 우리에게 있다면.

아이들에게 공부를 열심히 하라고 당부하면서 늘 말해주었다. 공부를 죽도록 열심히 하고, 또 잘한다고 해서 인생이 무조건 반짝

반짝 빛나거나 화려해지지는 않는다고. 무조건 편안하고 유려하게 흘러가지 않을 수도 있다고. 그러나 일단 열심히 해 놓으면 길이 많아지는 건 만고불변의 진리라고. 여러 갈래 길을 만났을 때 바른 선택을 도와주고, 길을 잘못 들었다고 할지라도 다시 찾아 나가는 방법을 미리 모색해 두는 것과 같다고. 막다른 골목에선 하늘로 솟는 방법을 알아두는 것이라고.

열심히 살다 보니 알게 된 인생의 진리 앞에서 오늘도 나는 막다른 골목에서 하늘로 솟아오르는 중이다.

에필로그

일탈을 허락합니다

아직 어둠이 걷히지 않은 새벽 미명 사이로 아들을 만나러 가기 위해 집을 나섭니다. 새벽은 마음을 정갈하게 하고 생각을 이슬처럼 투명하게 해주는 놀라운 능력이 있습니다.

자신을 깊이 들여다볼 수 있는 성찰의 시간으로 새벽은 더할 나위 없이 고마운 시간입니다.

도로 위에 차가 많습니다. 새벽을 깨우는 성실이 도로 위에서 서로 아는 체를 합니다. 불빛들은 누군가의 인생을 싣고 달려가고 있습니다.

어려서 엄마를 따라 새벽 기도회에 다녔습니다. 엄마는 혼자서

가는 새벽길이 무서워서였는지, 아니면 저에게 깊은 신앙심을 심어 주고 싶으셨는지는 모르겠지만, 저는 이 새벽 냄새가 참 좋았습니다. 그래서 군말 없이 신발을 신고, 항상 먼저 길 위로 나가 서서 엄마를 기다렸습니다. 하늘을 보면 별이 많았습니다. 새벽을 가로질러 바쁜 걸음을 옮기는 사람들의 발걸음 위로 그 빛을 내려주느라 하늘 위에서 별은 별대로 열심히 반짝였습니다.

숨 가쁘게 살아온 저의 날들이 손을 내미는 새벽. 홍 반장이라는 별명에 맞게 치열했던 성실을 후회하지 않습니다. 삶은 저에게 꽤 오랫동안 가혹했고, 제법 무겁게 불공평했습니다. 그러나 상관없습니다. 제가 아직 이 새벽의 어둠 속에 있다고 해도 하늘에서 성실한 별빛과 부지런한 달빛과 찬란한 햇빛이 저를 비춰 줄 테니까요. 저는 살면 됩니다. 잘 살 수 있습니다.

다시 남편이 운전하는 차를 타고 아들에게 간다는 것. 다시 이 새벽 내음을 느낄 수 있다는 것. 다시 보통의 하루를 살아간다는 것. 다시 가족이 마주 보고 웃을 수 있다는 것.

다시 모든 감사가 새벽 위로 차곡차곡 쌓이고 있습니다.

새롭게 주어지는 하루의 도화지에 오늘을 잘 그려봅니다.

아무렇게나, 성실하게 살지 못한 삶에게 일탈은 그렇게 너그럽지 않습니다. 하지만 저는 치열한 하루하루를 모아 일탈권을 획득

에필로그

했습니다.

물론 절대로, 무조건 일탈하지 말라는 말은 아닙니다. 가끔은 새장 속에 갇혀있던 날개를 한 번씩 펴고 날아주어야 합니다. 하지만 매일 날려주느라 새장 문을 열어둔다면 새는 없고 새똥만 가득한 새장이 남을 것입니다.

일단 열심히 살고 볼 일입니다. 최선은 아니어도 최악은 되지 않도록 살아야 한다고 주장하는 홍반장의 인생은 치열의 끝에서 허락받은 일탈로 숨 고르기를 하는 중입니다.

아무도, 그 누구도 너 왜 그러냐고 묻지 않는 허락된 일탈,

그래, 넌 좀 그래야 한다며 응원받는 일탈,

자기의 일탈권까지 저에게 건네주고 싶다는 인정받은 일탈….

가끔은 일탈해도 괜찮습니다.

치열한 삶의 모퉁이에서 새벽의 모든 빛으로 이어지는 다시의 일탈 말입니다.

일탈을 허락해 주신 나의 하나님, 그리고 다시 사랑하게 된 남편과 제가 가진 언어가 너무 짧아 말과 글로는 표현이 안 되는 기적 같은 아들들과 부족한 저를 찾아내 주신 출판사에 감사드립니다.